界桩

李诗德 著

主编 高长梅 王培静

与文学名家对话 ● 中国当代获奖作家作品联展

花山文艺出版社

图书在版编目(CIP)数据

界桩 / 李诗德著.—石家庄: 花山文艺出版社, 2013.7
(2021.6 重印)

(与文学名家对话:中国当代获奖作家作品联展 / 高长梅, 王培静主编)

ISBN 978-7-5511-1692-3

Ⅰ.①界… Ⅱ.①李… Ⅲ.①短篇小说 – 小说集 – 中国 – 当代 Ⅳ.①I247.7

中国版本图书馆 CIP 数据核字(2013)第 292204 号

丛 书 名：与文学名家对话：中国当代获奖作家作品联展
主　　编：高长梅　王培静
书　　名：界　桩
作　　者：李诗德

策　　划：张采鑫
责任编辑：董　舸
责任校对：齐　欣
特约编辑：李文生
全案设计：北京九洲鼎图书有限公司
出版发行：花山文艺出版社(邮政编码:050061)
　　　　　(河北省石家庄市友谊北大街 330 号)
销售热线：0311-88643221
传　　真：0311-88643234
印　　刷：永清县晔盛亚胶印有限公司
经　　销：新华书店
开　　本：710×1000　1/16
字　　数：105 千字
印　　张：8.5
版　　次：2013 年 7 月第 1 版
　　　　　2021 年 6 月第 2 次印刷
书　　号：ISBN 978-7-5511-1692-3
定　　价：32.00 元

(版权所有　翻印必究·印装有误　负责调换)

目录 CONTENTS

第一篇　界桩 ……………………………… **001**

第二篇　魅影 ……………………………… **049**

第三篇　一辈子做一个窑匠 ……………… **091**

界 桩

一

埋在地底下的东西会走路，对这个说法我至今深信不疑。

我奶奶曾经念念叨叨地跟我讲过一个有名有姓的故事，说是有户姓张的人家，在自家堂屋里埋了一罐银圆，并做了标记，没缓几年，再去挖寻，却掘地三尺也无法找到了。知道为什么吗？她在我面前打出一个只有老天爷才知道的手势，然后自问自答地说："这户人家不积德，不义之财不翼而飞了。"

当我苦心孤诣地为薛、张两家寻找界桩时，自然便想到了这个故事。

薛、张两姓，紧挨着的隔壁两家，为划分老台基的事吵得不可开交。清官难断家务事，村干部调解无效，村里的老人相继过世，没人能说出个子丑寅卯，大家一致认为，我对界桩的事理当略知一二，便火急火燎地要我回去断个是非。原以为，离开故乡多年，老家的那些陈谷子烂芝麻的事，像一页随手翻过去的书，书中平淡无奇的情节已与我毫无关联。想不到一截小小的界桩，居然像是先人刻意埋下的伏笔，它不是让你一经提起便恍然大悟，而是只要触及，就让你深陷其中，弄得一头雾水，百思不得其解。

界桩

杂姓湾早前也就是江汉平原上众多湖泊中的一小块陆地，巴掌大点儿地方，住着十几户人家。村子后面是一条古老的胭脂河，门前不远是一眼望不到边的湖水，因此村子里的台基就显得特别重要。随着河、湖的干涸，人口的增加，现已分不清哪是台基哪是稻田。唯独薛、张两家的台基还是没挪窝的老台基。如今，完全依赖种几亩稻田谋生的劳作，结果只能是贫穷。外出打工成为发家致富的唯一出路。打工赚来的钱，就在村里修房子。原来的茅草房，现在变成了一栋栋两层或三层的钢筋水泥小楼房，不但占据了原有的台基，连肥沃的稻田也挤占得差不多了。村里人搬走的搬走，起新屋的起新屋，先前那个虽然杂草丛生但也算得上世外桃源的小村落早已变得面目全非。

薛、张两家这一辈人要拆旧屋、建新房，台基就成了一个不可回避的问题。某种程度上来说，划分台基的事比建新房要重要得多。

台基的划分，按老规矩得有个界桩。找到界桩，让界桩说话，自然理直气壮。看似一件简单的事，其实不然，从土地改革、互助组、合作社、人民分社，再到包产到户、联产承包、土地流转、迁村腾地，日子一天一天往前过，过得谁也无法说出个所以然来了。台基如戏台，各家各户在自己的舞台上上演着生老病死、生儿育女的悲喜剧。时过境迁，世道轮回，台基上的泥土被雨水冲了又填填了又冲，深埋在地底下的界桩像影像全无的祖宗八代，早已烟飞云散，要找出真相，谈何容易。在寻找界桩的过程中，我饶有兴致地重新翻开家族的那本烂书，依据仅存的断断续续的段落，拼凑出一些似是而非的情节，让已然隔世而又若隐若现的爹爹妣妣再活一遍。

二

说到界桩的事,还得从我妃妃说起。我妃妃名叫吴改儿,在她还没成为我妃妃之前,原本是张家的媳妇。从张家到薛家,一步之遥,一墙之隔,吴改儿究竟是怎样成为我妃妃的,她怎么又成了界桩这件事的主谋,其中就可敷衍出许多故事。

吴改儿坐在有三道"滴水"的牙床上,三天三夜未沾一粒饭粒子。

她将三尺白布搭在房梁上,挽了个套,然后披头散发地坐在牙床上开始苦思冥想。河里有水,坡上有绳,是一句用来诅咒别人去死的话。看来死的方式也很简单,要么投河,要么上吊。在此之前,吴改儿选择的是投河,却鬼使神差地被隔壁薛聋子从深深的水塘中救了起来。这个名叫薛聋子的人后来就成了我爹爹。吴改儿不甘心,难道自己连死的权力都没有了吗?万念俱灰的她把自己关在房间里,还是想着怎么个死法。这次她选择了上吊,只要把脖子往白布挽成的套里一伸,两脚一蹬,三魂七魄出窍,也就一了百了,任谁也救不了她了。一种对往后日子的无望,一种对阎久香的极端怨恨,使得吴改儿面对死亡显得异常漠然,且态度坚决。她甚至不再去想吊死鬼死后的可怕情形——凡是吊死的人,死后一脸铁青色,拖着长长的舌头,鼓着铃铛般的眼睛,到处游荡,甚至会成为孤魂野鬼而不能投胎——死了死了,死后的事也只能看事打事,走一步看一步了。

界桩

昏暗的房间里，弥散着一种死亡的味道，化解了白天与黑夜的界限。白布挽成的圈套非常刺眼。吴改儿忽然发现一只彩色粉蛾老是在眼前飞，她以为是眼花，抬起手臂挥了挥，再看，粉蛾比先前飞得更欢。这只彩色粉蛾非常眼熟，一双大翅膀，黄白相间的斑点清晰可见，它忽高忽低，飞出许多重影。粉蛾身上满是成颗粒状的嫩粉，一边飞一边撒落着，嫩粉落下来变成一朵朵好看的小金花，看得人头晕。飞着飞着，粉蛾像钻过篱笆一样非常娴熟地就钻过了面前悬挂着的白色圈套，那对好看的翅膀像一双可人的小手，在圈套的另一边向她暧昧地招手，吴改儿想起身随它而去，终于没有鼓足最后的勇气。彩色粉蛾忧郁而愤懑地停在另一边，似乎在说：好意召唤你，你还不领情。吴改儿把目光收回来，懒得去理睬了。她的双手在牙床的扶手上拍过千遍，也拍不出个主意。吴改儿觉得已经没有什么不能割舍的了，只有这张牙床还有些念想。牙床整体看起来极像是一座缩小了的房子，牙床的四周有用上好木料镂刻成的人物图案，也就是传说中的"八洞神仙"，什么铁拐李、吕洞宾、韩湘子等。这些神仙们一眨眼便鲜活起来，使出了他们过海时的绝招——酒葫芦丢在水里成了条小船，拐杖扔在水里成了漂动的大圆木，尤其是那朵大莲花在水中如同一只大蝴蝶，能驮着人风一样地飘忽。让吴改儿想不通的是，这么多神仙围绕着自己，却没有给她带来一丝的好运，甚至连自己的丈夫都保佑不了。牙床的檐子用三层雕刻有荷花、莲藕的木板叠合而成，称为三道"滴水"。牙床两边有扶手，有抽屉。牙床的踏板做工非常讲究，两层阶梯，下床时，有下楼的感觉。虽然整张床都是用木板做成的，但也显得富丽堂皇。为了张罗她和张国忠的婚事，张家的老父亲对这个幺儿子宠爱有加，拿出压箱底的几十块大洋打了这么张床，这在当时是轰动十里八乡的事，好多人都借故来看西洋景。吴改儿喜欢这张床甚至超过了喜欢她的那个白

第一篇

界桩

界桩

面郎君张国忠。这种床吴改儿只是在听戏文时听说过。"有小姐打坐在象牙床上,思念起张公子泪流两行……"想不到自己今生居然也有福气拥有这样一张床,更想不到的是风光的日子像一阵风一吹就散,现在真的轮到她坐在牙床上思念丈夫了。

多年以后,在那场轰轰烈烈的"除四害、破四旧"的运动中,我混在面目全非的人群中,还亲眼看见过这张床。这张没有被洪水冲走的牙床,在一阵张牙舞爪的棍棒下,顿时便支离破碎了。如果要是能保存到现在,绝对是一件非常值钱的文物。

庚午辛未年的一场大水,把吴改儿的丈夫张国忠冲得没了影踪,而这张床却奇迹般地保留了下来。睹物思人,思人睹物,吴改儿又一次想到自寻短见,并不是只想做个样子吓唬谁。年纪轻轻就成了寡妇,无儿无女,这日子该怎么过呢。吴改儿闷在房间里的这几天,把过往的事梳子梳、篦子篦地想了个遍。自从她嫁到张家,嫂子阎久香就跟她成了死对头,她怎么也想不明白,侄女宝珍的死跟她有什么必然联系,嫂子阎久香却在背地里硬说是她吴改儿"克"死了宝珍。没有比这更为恶毒的栽赃陷害了,这让吴改儿有 1000 个理由相信,她丈夫张国忠就是阎久香亲手害死的。阎久香为了报复,把自己的小叔子张国忠推到了湖里。这个阴毒的女人狠得下心下得了手,完全能做出这样的事。

让吴改儿要以死相拼的是她的嫂子阎久香,让吴改儿决定无论怎样也要活下来的还是阎久香。

吴改儿越想越觉得有些不对头,她怎么能就这么不明不白地死去呢,她必须要与阎久香纠缠到底。她似乎明白了她要活下去的全部意义,那就是不能死在阎久香的前头,即便是斗不过阎久香,她也要赖着活下去,她要看阎久香这个恶人如何遭受天谴。

"弟妹啊,不看僧面看佛面,只要你开门,我叫你嫂子当面给你赔罪。"阎久香的丈夫张老大只差跪在房门前了。

吴改儿就是不开门。并且放出狠话:谁敢硬闯进来,我立马死给他看。

　　吴改儿做出改嫁的决定是经过深思熟虑的。吴改儿改嫁所开出的两个条件，若干年以后都还被杂姓湾的人所津津乐道。第一，她要嫁给隔壁的薛聋子。第二，她要张家划出一米宽的台基作为她的陪嫁。"我可以净身出门，张家的家产我可以不要，张家的台基我应该有份，从前到后，我只要一米宽的台基就行。"寡妇改嫁是谁也阻拦不了的事，不跟你分家产，你分我一点儿台基总该可以吧，无论从哪方面来说，这也是情理之中的事。吴改儿心知肚明，这个条件将会像一根鱼刺卡在张老大和阎久香的喉咙里，让张家有苦难言。只要有了活着的理由，有了活着的目标，活着就有了奔头。只要自己坐得直、行得正，哪怕旁人的闲言碎语像雪片一样乱飞，也湿不了自身的衣裳，只要在理，他张家再怎么有人有势，也得折服。吴改儿连自己都不敢相信自己居然能想出这个绝妙的主意。吴改儿觉得这个夏天应该是一个不同寻常的夏天，这个夏天将有许多重要的事情热热闹闹地发生，这个夏天无论多么干旱，都会有一场及时雨骤然降临在她一个人的头上。她会像一段隔年的柳枝，只要插在了河边、路边，就一定能够长成一棵树。

　　三天过后，吴改儿彻底打消了轻生的念头，她亲手解下三尺白布，自己走出了房间。

　　吴改儿走出房间的那天是一个阳光灿烂的日子，门外到处是一片让人伤心的绿色。远处田野里，无精打采的禾苗已开始扬花抽穗，近处村庄早已被绿荫所掩盖，阳光以它看得见的形状定定地照在篱笆边上，许多野花肆无忌惮到处乱开，酝酿出一种大胆的气氛，这就很有些像吴改儿的心境。一缕强烈的阳光让吴改儿一时睁不开双眼，她的身子轻飘飘的，两条腿像两根棉条，软软地站不稳，脸色如同冬天地窖里的青萝卜，让人看着真像是死过一回的人。她倚在门框上，朝着夏天，朝着太阳，大喊了一声："我要改嫁！"

第一篇　界桩

界桩

三

我妃妃吴改儿与阎久香的结怨，完全是妯娌之间的纷争。说舌头与牙齿也有相反的时候，那是因了一些鸡毛蒜皮的偶然事件，而她们妯娌之间的纷争，却是关乎人命的大事。可究其根源，这些事似乎与彼此相关，又似乎与彼此毫无关系。

杂姓湾西头是一截寡路，寡路两边灌木丛生，其间全是大大小小的坟茔。其中的一座小坟，孤零零地被甩在一边，像一只不合群的孤雁，可怜兮兮的，非常打眼。这座坟里埋葬的便是阎久香的独生女宝珍。宝珍的坟上好长时间点着盏灯，插着一把破雨伞，更增添了阴森恐怖的气氛，让人觉得死去的宝珍还挺着个大肚子，打着伞，到处游荡。走夜路的人都说在蒙蒙月、麻麻雨的夜晚，听到过有女人在痛苦呻吟，那声音忽高忽低，或长或短，凄惨得很。杂姓湾有个风俗，凡是月母子死后，都要在坟上插一把伞，为她避风避雨，月母子在阳间是不能见风雨的，死后也不能让她吹风淋雨。

阎久香与张老大婚后多年，只生了一个女儿，为接香火，就早早地把女儿宝珍留在家里招赘，为的是有个传宗接代的人。

那应该是一个深秋时节，一场秋雨一场凉，几场秋风秋雨过后，杂姓湾像一只猫冬的猪獾，顿时安静下来。这天，天擦黑的光景，宝珍说"发动"就"发动"，肚子开始一阵一阵地疼。阎久香连晚饭也没顾得上吃，就守在了女儿身边。折腾了一夜，还不见要生的迹象。第二天是个大晴天。太阳刚冒头，宝珍又开始撕心裂肝地疼。平时大大咧咧的阎久香也有些着急了，吩咐张老大去请黄妃和唐老爹。

这是一个令人恐惧的夜晚。杂姓湾的人每每谈到这件事都咋舌不已。

因为侄女生孩子插不上手，吴改儿早早地把自己关在房间里。生孩子的事，也是吴改儿心中的隐痛，和她同时出嫁的姐妹孩子都满地跑了，可她肚子里一直没有动静。不孝有三，无后为大，这是件很压头的事。

唐老爹坐在堂屋的正中间，一袋烟接一袋烟地抽，抽得满屋子都是浓浓的烟雾，将所有人严严实实地罩住，屋内的空气慢慢地凝固起来。唐老爹是湾子里唯一能通神的人，既能烧香画符，又懂民间奇奇怪怪的土方子，自然是所有杂姓湾人的座上客。

屋子里显得越来越安静，除了唐老爹偶尔几声憋住了气的咳嗽声之外，就只听见房里的产妇一声大似一声的喘息。

宝珍挺着个大肚子仰面躺在床上，接生婆黄妃用手在宝珍的肚子上摸了一遍，又按了一遍，并没减轻宝珍的疼痛。黄妃是杂姓湾方圆左右唯一的接生婆，生就一副钟馗相，脚大手大，走起路来一阵风。母猪下儿，女人生伢，自然而然的事，黄妃凭着一双大手，一把剪刀，接生几十年，没出现什么大的差错。黄妃的一双手只要接触到孕妇的肚子，就显得异常灵巧起来，像两只上下飞舞的蝴蝶，在孕妇肚子上掠过之后，就知道胎儿是横着的还是竖着的，是倒产还是顺产。时候到了，黄妃用手几揉几捏，孩子就下来了，然后掏出随身携带的那把黑乎乎的剪刀，将脐带一剪，就算大功告成。也不是没有不成功的案例，就像再有名气的医生，能医得了人的病、医不了人的命一样，如果生下来的是死婴，那是命里没有，载不住。

经过一番诊断了，宝珍的情形让黄妃的脸色显得有些凝重。

第一篇 界桩

界桩

黄妃马马虎虎地擦了下手，走出房门，在唐老爹身边耳语道："顺产倒是顺产，但总有些不对劲啊。"声音虽小，还是被阎久香听了个大概，一听这话阎久香就有些腿肚子发软。"再等等看。"唐老爹显得胸有成竹地说。阎久香有些着急，小声小气地不知在唐老爹身边咕噜了几句什么，唐老爹把烟杆朝桌子脚上嗑了嗑，没好气地说道："着什么急呢？又不是下猪娃，哪那么容易？"阎久香赔着一脸的不是："那是，那是，还得要您劳神。"一边讪讪地走向房内，六神无主地守在宝珍身边，拿着一条湿毛巾，一下一下地为宝珍擦去脸上的汗珠。

二更天光景，忽然刮起了风，风带着一种尖锐的呼啸，一阵阵擦耳而过，像一条蛰伏的毒蛇躲在阴暗处吐着蛇信子，叫人不寒而栗。整个村子鸡不叫狗不咬，只有风声在林子间、屋顶上到处乱窜。黄妃把十八般武艺都用上了，宝珍的肚子还是像一只吹足气的猪尿泡，胀鼓鼓的没有动静。接生几十年，黄妃还从未遇见过这种场面，显得有些束手无策，那双神奇的大手似乎有些失灵，她恨不得一爪子将那个淘气的家伙抓出来。唐老爹已失去了先前的镇静，叫人打来水，净了手，开始作法。

堂屋正中遵照唐老爹的旨意摆上了一张八仙桌，香炉、祖宗牌位从神龛上移到了八仙桌上。唐老爹将他轻易不用的宝剑拿了出来。这柄宝剑类似于古代武士用的那种剑，剑身已是锈迹斑斑，剑柄上还穿上了一串铃铛，一绺红色的穗子婀娜飘逸，很是好看。据上年纪的人说，这柄剑唐老爹一生也就用过为数不多的几次。唐老爹一边焚烧纸钱，一边摇动宝剑，然后再把纸钱穿在宝剑上焚烧。宝剑舞动，剑尖上纸钱灰乱飞，火苗四溅。剑柄上的铃铛发出一串串很有韵味的声响，清脆悦耳。红色的剑穗随之摆动，如游龙走凤。要不是因为在这种庄严肃穆的场合，绝对会摇出几分热烈的气氛。

唐老爹双手抱剑，一阵咒语之后，两脚猛地一顿，一声疾喝：

"下！"令在场的人为之一怔。"下"这个字吐词清晰，声音明亮，可众人还是面面相觑，不知其意。唐老爹只好把脸转向一旁的黄妃："叫他们把所有能朝下的东西都朝下。"黄妃表现出与唐老爹十分默契的配合，抢先把竖在门角落的一把扫帚倒立了过来。众人如梦方醒，便纷纷效仿，杨杈扫帚、犁耙秒磙，该倒过来的东西都朝下了。不知是谁说了句，还有什么东西没有倒过来吧？于是众人又开始满屋子寻找起来。对！烧火屋里的东西还没动。这下在一旁实在帮不上手的人可有事做了，赶到厨房，七手八脚将一些坛坛罐罐锅碗瓢盆统统翻了个底朝上。

依然没有动静。产妇已经处于一种昏迷状态，比先前安静了许多。唐老爹还在继续他手中的活，把一柄生锈的剑舞得虎虎生风。又一声疾喝："破！"这一次黄妃听得仔细明白，没等唐老爹耳提面命，转身就往厨房里跑。等到众人回过神来，她已经将坛坛罐罐摔碎了好几个。既然如此，大家便跟着黄妃一起摔。厨房里、堂屋里、房间里，只要是能摔破的东西，拿到手里就往地下扔，一边摔还一边不停地喊着："破！破！破！"噼里啪啦稀里哗啦，一阵陶片破碎的声响。

吴改儿在一阵"乒乒乓乓"的声音中惊吓不已，正要打开房门看个究竟，没想到阎久香凶神恶煞地跑了进来，不管三七二十一，将吴改儿梳妆台上一对好看的花瓶，揪住其中一个，就要往地下摔。吴改儿不知就里，一个箭步抢上去要护住花瓶，纠缠中，花瓶掉在地上，发出非常清脆的一声响，成了一堆碎片。当阎久香正要去摔另一个花瓶时，吴改儿也不知哪来的力气，一把将阎久香推出房门，"砰"的一声闩上了房门。吴改儿始终没弄明白，生孩子和摔碎花瓶有什么关联，是不是只要把东西摔碎，宝珍就能顺利地生下孩子呢？果真如此，即便是把自己房间所有东西都摔了，她也是心甘情愿的。后来的事，着实让她有些恍恍惚惚。阎久香曾指着她的鼻子骂："什么东

界桩

西比人命还贵重？要不是你个克星，要不是你个没良心的东西，宝珍就不会死。"吴改儿甚至有些相信就是因为她房间的东西没让"破"，所以影响到了宝珍。她后悔当时就应该让阎久香把房间的东西全摔了，免得为这事让阎久香对她更是恨之入骨。

就在这时，黄妃慌慌张张地跑出来，也顾不得冲撞菩萨，拉住还在一个劲儿地摇动着宝剑的唐老爹，战战兢兢地说道："出血了！"这话声音虽然不大，但唐老爹也有些把持不住："多不多？""也不少。"黄妃答道。"那得赶快想办法。"唐老爹说。"您见多识广，您拿个主意吧。"黄妃已显得有些惊慌失措。"羊水"早破了，现在又出血，恐怕不是好兆头。

血说出就出，开始只殷殷地流，越往后就越流得不断线。阎久香事先准备的两个垫在宝珍身下的用草木灰做成的袋子，已被血水染得透湿，只好临时从灶膛里扒出一些灰，拿了两条长裤，然后装上灰，把裤脚和裤腰系了，垫在床上。不知是什么时候，婴儿的头已露在外面，可就是出不来。这种场面使人想到太阳出土时的情景：天边的彩霞血红一片，一轮太阳在血红血红的霞光中带着喜悦的颜色，艰难地冒出半个头来，而正在这时，朝霞突然由鲜红开始变暗紫，如同凝固了一般，破土而出的太阳正好被卡在其中，孤立无援，一种令人窒息的情绪骤然涌动。"用劲！用劲！"黄妃喃喃自语着，不知是在对孕妇说还是在为自己打气。随着体内鲜血潮水般喷发，宝珍脸上苍白如纸，已经是气若游丝的她再也无力理会黄妃近乎绝望的请求了。

"是保大人还是保小孩？"面临险境，黄妃倒镇定了下来。她也懒得去征求唐老爹的意见了。面对黄妃无比严肃的发问，所有人都呆呆站在一旁，不敢吱声，生怕稍有不慎，躺在床上的孕妇会永远地睡过去。"还问个屁！该怎么做就快点儿做！"在堂屋里急得团团转的张老大猛然大喝一声，有如当头一棒，把众人从懵懵懂懂中惊醒，大家才知道这已经是十分明了的事情了。

　　"能不能让母子平安，只有菩萨保佑了。既然你们当家的有这句话，我也只得尽一份心。"黄妃一边说着，一边瞄准了壁子上挂着的一杆秤。她麻利地取下秤杆，甩掉秤砣，拿起秤钩，对准了婴儿的头。这一举动的确需要胆量与勇气。事后每每提及此事，黄妃便有些神情恍惚。打这以后，黄妃发誓再也不替人接生了，问及缘由，黄妃总是闭口不谈，问多了，也只是叹口气道："该接的生都接完了，人老了，力不从心了。"

　　唐老爹用尽一切方法，忙乎得汗流浃背，把满屋子都弄得香烟缭绕，雾气腾腾。死神无视人们虔诚的祈祷和恶毒的诅咒，向一群束手无策的人悄然袭来，恐怖如烟雾一般充塞着整个屋子。宝珍已是奄奄一息，脸上苍白得不见一点儿血丝，阎久香叫人煮好的鸡蛋，她连蛋汤都喝不进半口。阎久香一边抹着从宝珍嘴边顺势流下的汤汁，一边嘤嘤地哭。一屋子人急得团团转，大家一齐把眼光投向唐老爹，他们现在唯一能做的就是要唐老爹下点真神，求菩萨救人一命。唐老爹此时根本无法推卸众人的请求，在一片求救的哭泣声中，唐老爹知道要有所动作："赶快让人搬一架水车上房！"唐老爹的话就是神的旨意。张老大一个箭步冲上去，将屋角落里的一架手摇水车搬了出来，众人一边抹着眼泪，一边帮张老大将水车抬上了房顶。漆黑的夜晚，张老大神情麻木地站在漆黑一片的屋顶上，像个鬼影。他似乎神鬼附身一般，觉得四周都是漆黑的湖水，只要转动水车，湖水便会顺势流进干裂的稻田，奄奄一息的宝珍就会像禾苗一样重新舒展起来。他一手扶着车身，一手机械地摇着水车手柄，水车便在屋顶上极不情愿地吱吱嘎嘎响了起来。夜阑人静，水车叶片拍打着空气，"咯吧咯吧"地转动着，空洞而绝望的回声，将整个杂姓湾都带得旋转了起来。

　　这个夜晚，杂姓湾的人都没有睡着，屋顶上空空洞洞的水

界桩

车声将人们的梦都抽得空空洞洞的。这种事在杂姓湾来说只是听老人们说过，可还从没见过，不是到了万分危急的时刻，怎么会将水车抬上屋顶呢？所有人都屏声静气地躺在自家床上，张着耳朵听着，为张老大一家人担惊受怕。

水车能够救活满田的禾苗，最终却没能将宝珍转悠过来。当满屋已大放悲声时，张老大还在屋顶上拼命地摇动着水车，他似乎怕水车一时停止转动而使宝珍一口气接不上来而造成终身遗憾。屋内几乎要掀翻屋顶的哭声确凿无误地证实了水车已回天无术的那一瞬，张老大真想从屋顶上跳下去算了。他恼怒地一把抓起水车朝屋后扔去，"轰"的一声，水车被摔成一堆碎片。

四

杂姓湾的人常挂在嘴边一句歇后语，如果谁和谁有矛盾，便会说："薛、张家的——死对头。"早年我还以为是因为我们薛、张两家经常吵架，才这么说的。想不到这个比喻竟像古树上开出的新花，含义丰富。乡亲们有限的历史知识，主要来源于说书人口中，薛、张两家结怨，古已有之——唐代的薛仁贵和张士贵两人不和，相互争斗，到了水火不容、你死我活的地步，才有此一说。我们薛家和隔壁张家，原本相安无事，是因为我妣妣从张家改嫁到薛家，因此搞得好像是续了世仇。

就当时情形来看，我妣妣吴改儿要嫁给我爹爹薛聋子，怎么说都别扭，这并不是"一朵鲜花插在牛粪上"的比喻所能说得清的。

界桩

那时，吴改儿虽然成了寡妇，也还风韵犹存。她虽然不是大户人家出身，但的确有一种大家闺秀的气质。一张瓜子脸白白净净，清秀可人，一双裹得精细的小脚，走起路来如杨柳随风，飘飘忽忽，摇摆出好看的线条。村子里的大姑娘、小媳妇差不多都是一个模样，臀宽脖子粗，大屁股、水桶腰，而吴改儿恰到好处的前胸后背，让人觉得风情万种，楚楚动人。吴改儿嫁给张国忠的那会儿，让杂姓湾的男人们真正领略了什么样的女人才是好看的女人。细皮嫩肉的张国忠与娇小美貌的吴改儿往牙床上这么一坐，完全就是画中的一对金童玉女，就连杂姓湾的女人们也不得不啧啧称赞。阎久香嫁给张家老大时不说是风姿绰约，也还有几分姿色，但和吴改儿一比，就有些自惭形秽。张老大虽说一只眼有残疾，但他在杂姓湾独一无二的篾匠手艺要比有两只眼的正常人强得多。张老大的一把篾刀像魔法师手中的魔棒，再粗的竹子他也能将它劈成一条条又薄又均匀的篾片，然后将这些篾片编成簸箕、竹篮、斗笠什么的，叫人看了爱不释手。张老大不爱多说话，可他手里的篾活，使他在杂姓湾小有名气。张家两兄弟还有祖辈留下的一份可谓丰厚的财产，足以使阎久香对张老大的另一只眼喜爱有加。嫁汉嫁汉，穿衣吃饭。这是一目了然的事理。小两口恩恩爱爱，日子过得和和美美。阎久香并不因为人们叫她丈夫"独眼龙"而生气，当然也并不因此而小瞧自己的丈夫。然而，这种四平八稳的生活随着小叔子的媳妇娶进门被搞得一塌糊涂。

自从吴改儿进张家门的那天，阎久香就认定吴改儿是狐狸精变的，这个家要不得安宁了。

张家老父亲要把幺儿子的婚事办得体面些，作为儿媳的阎久香即便心里疙疙瘩瘩，也无法表露，只得顺从。头天过礼，第二天当期，第三天送恭贺。三天的婚礼，整个杂姓湾热热闹闹地欢腾了三天，大家各执其事，搭婚棚的搭婚棚，搬桌椅板凳的搬桌椅板凳，挑水的挑水，洗菜的洗菜，忙得不亦乐乎。当期那天，阎久香在伙房里忙得昏天暗地，又是招呼打下手的人上菜，又是应付厨子的作料，还要照看院子里两大蒸笼的饭。从这天早上开始，阎久香的左眼皮、右眼皮轮换着怦怦怦地跳，好像有一只无形的手在上面一扯一扯的，她掐了两截稻草，吐了些涎水，粘在眼皮上，还是无济于事。一天到晚，风风火火，倒也很顺当。新娘子迎进门后，接下来便是"交亲"仪式。说来也怪，就在"交亲"的这一时半刻，阎久香突然感到全身发冷，冷得有些毛骨悚然。接着便是头疼，一炸一炸的疼，疼得汗珠一颗颗往下掉。"交亲"仪式过后，阎久香又无事一般了。为这事阎久香心里就有了个疙瘩。娶亲娶亲，"交亲"时辰是最重要的。"交亲"交得好，家庭便会百事顺遂，"交亲"交得不好，如果是犯了什么"煞"，那日子就会过得不安稳。阎久香等不到新媳妇回门，便偷偷地去找唐老爹让菩萨摸了一下。果不其然，"交亲"所看的时辰不对，冲撞了神灵。为这事阎久香又偷偷地做了几道"表"，烧了几道符，许了一些愿，原以为会就此平安无事地得以化解，谁知还是难逃一劫。后来发生的事，让阎久香认为，吴改儿就是一个"扫把星"，宝珍就是被她"克"死的。

　　隔壁的薛聋子，一间破茅草房，两亩薄地，光棍一条。当初吴改儿瞧见薛聋子时，满是可怜的眼光。多年以后，我妞妞无意间跟我谈起这件事，总是一脸茫然，我知道她内心深处必定是为自己草率的决定懊悔不已，用她的话说，那叫作从米堆里跳到糠堆里，自讨苦吃。

　　一场大水，薛聋子的破草房早就被卷得无影无踪了。薛聋子其实并不聋，只是光棍一条，家里出出进进就他一个人，无人搭腔，因此而沉默寡言，时间长了，别人说什么他都装着没听见，因此便落得了个"聋子"的名声。我爹爹薛聋子晚年确实有些聋了，一个驼背老头，拖着一根长烟杆在村里孤独地转悠，

界桩

我也掺和在一群小孩当中,跟在他后面唱:"聋子聋,起北风……"在我的印象中,他只能用呆滞的目光回过头来望一眼,然后不带恶意地骂了一句。

光棍有光棍的好处,一人吃饱,全家不饿。茅草房卷走了,重新再盖一间也简单。薛聋子在自家的台基上砍了几根树,朝地上一栽,解开几捆稻草朝屋顶上一铺,一间新的草房要不了几天工夫也就建成了。大水之后,薛聋子最大的变化是他的耳朵似乎越变越灵敏了。隔壁张家的两妯娌,总是在吵架,而且动静很大,时不时还会扭打在一起,这就让薛聋子不想听也得听,并且慢慢地听出了些头绪,听出了些滋味。

五

隔壁两家,一家屋里有个寡妇,一家屋里是个光棍,至少应该有些暧昧的故事发生,而事实上寡妇和光棍的结合平凡得让人有些乏味。

春末夏初的日子。正是犁耙水响的时候,天旱得有些邪乎,好多天见不到一点雨星儿。长满杂草的小路上,赤脚踏上去,厚厚的灰尘几乎要淹到脚背,稍微走得快些,扬起的灰雾便会将人笼罩在其中。正要下种插秧的水田里,干得裂开了口,像饥饿的婴儿等待乳汁一样可怜巴巴地望着天。整个杂姓湾的人们都在谈论与水有关的话题:向龙王爷求雨?请和尚、道士做法场?主意虽多,都只是说说而已。当全村人都为水而焦急万

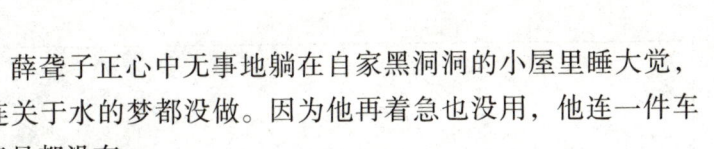

分时，薛聋子正心中无事地躺在自家黑洞洞的小屋里睡大觉，并且连关于水的梦都没做。因为他再着急也没用，他连一件车水的工具都没有。

面对几亩荒地，薛聋子也懒得操心了，他穷得只剩下些力气，此外便一无所有，总是靠跟人串工换家什才能将两亩水田种下去。

"聋子，聋子，躲在家里干什么？"村东头的蔡癞子风风火火地闯了进来。当他看到薛聋子蜷缩在黑咕隆咚的屋里睡大觉时，一把将薛聋子拉了起来："别人都急得火烧火燎，你怎么就睡得着？快起来，跟我车水去。"薛聋子不急不忙地爬起来，还有些不情愿地跟着蔡癞子走出了他的小屋。

外面的阳光明媚得要使人融化。薛聋子眯缝着堆满眼屎的眼睛来到田边，出野里到处都是叽里咕噜的车水声。老远就有人喊："喂，看，聋子也来了，今天不是瞎子跟着癞子走，而是聋子借光了。"薛聋子闷闷地跟在蔡癞子身后，低着头往前走，装着没听见。

这是一年中田野上最妖娆的时节，五颜绿色的小花在田埂上卿卿我我地开着，红的绿的草籽花一片连一片，一片比一片开得婀娜多姿，一片比一片开得艳丽，像漂亮新媳妇的花衣花袄，让人心旌摇动。天空中弥散着一种混合的清香味，许多鸟儿在已翻开的水田里上下飞舞，欢蹦乱跳、叽叽喳喳，撩得人心慌意乱。天气已开始有些烦躁起来，薛聋子还穿着冬天的那件烂棉袄和一条只剩大半截的破棉裤。他干脆把棉袄棉裤甩在田埂上，只穿了件灰不溜秋的大布褂和一条半长的统腰裤，开始和蔡癞子一起安装水车。蔡癞子在田埂上挖土稳固车架，薛聋子便跳到水里摆弄车身。水沟里的水还有些凉意，但薛聋子心里是热乎的，因为蔡癞子要薛聋子出力的条件，是让紧挨着他的薛聋子的两块水田也能灌上水。除了蔡癞子，别人还不一定有这么好心。水车架好后，薛聋子来不及歇口气，就开始车水。

界桩

这一点薛聋子还是十分清楚的，田里有了水，秧苗才能插上，秧苗插上了，管它有收无收，总还能给人一点希望。

其实这个少雨的季节并不像人们想象的那样枯燥乏味。只要河里沟里还有水，田里自然会得到滋润。所有农活中，恐怕只有车水这档事是最富于诗情画意的。置身于水车上，面对风光旖旎的田野，蓝天白云，杨柳随风，悠扬婉转的车水声，像情窦初开的少女在向你喁喁私语，一诉衷肠。望着车辘轳带出的清凉凉的水缓缓地流进田里，人们浑身上下都会感到舒坦，心里滋生出一种隐秘的情愫，等着水车自然而然地车出一个个烂漫的情节。往往这时，车水的人便把一些平常难得一唱的情歌尽情地吐露出来。

  初一的早起去看郎哟，情郎哥哥哟，奴的哥哥喂，我郎得病喂喂儿哟，牙床上哪奴的干哥。
  初二的早起去看郎哟，情郎哥哥哟，奴的哥哥喂，手把郎手喂喂儿哟，诉衷肠哪奴的干哥。
  初三的早起去看郎哟，情郎哥哥哟，奴的哥哥喂，我郎得的喂喂儿哟，相思病哪奴的干哥。
  ……

伴随着叽里咕噜的水车声，独具风情的民间小调，在田野上款款而飞，像一只只飞舞在花丛中的蝴蝶，撩拨得人心口痒痒的。

薛聋子、蔡癫子还有人称外号"搅屎棍"的胡怀章三人踩着站车。站着踩的水车比坐着踏的水车要费力得多，并且得要时刻注意，稍不留神，一脚踩空，会有让车辘轳打伤的危险。"搅屎棍"胡怀章干别的事不在行，对一些情歌小调却烂熟于心，有个卖弄的绝好机会，他是不会放过的。更何况离他们不远的

第一篇
界桩

界桩

另一架水车上是两位妇女。

戌时到姐的家哟，姐在纳鞋袜罗，有心那个与姐说笑话，又怕姐来骂咧哎哟——

亥时到姐的家哟，与姐喝香茶罗，双手那个扯住姐的手，浑身软如麻咧哎哟——

子时到姐的家哟，姐解香罗纱，一身那个肌肤如缎子，爱得没办法咧哎哟——

别看胡怀章平时总是一幅大嗓门在人群堆里挤，可唱起小调来却还是有板有眼，很受听。

胡怀章唱了两段便停了下来，歌声戛然而止。只有水车咕咕噜噜的声音，像是一段优美的"过门"。胡怀章故意把"过门"拉长，再拉长，长得要听到喝彩声。果然那边的两位"姐儿"忍不住了，大叫起来："搅屎棍，卖什么关子，往下唱。"胡怀章要的就是这种效果："再往下就得脱光了，你们喜欢听吧？""脱光就脱光，又不是什么稀奇东西，哪个没见过。"胡怀章正中下怀："腊儿嫂，今天这里还真有人没见过，你是不是让他开开洋荤。""开你娘的个荤，搅屎棍，你把你媳妇给聋子开开荤吧。"腊儿嫂骂道。胡怀章更起劲了："你旁边不是有个现存的吗？干脆跟薛聋子撮合算了，你也积点儿阴德。"

和腊儿嫂配对车水的就是吴改儿。听到胡怀章的胡言乱语，吴改儿心里咯噔了一下。丈夫死了好几年了，年纪轻轻的守寡不说，尤其是和嫂子阎久香鼻子不是鼻子脸不是脸的，真不是人过的日子。吴改儿并不是没想到再"走一步"，可寡妇改嫁也不是件容易的事。望着田野间盛开的鲜花，望着在花丛中自由自在穿行着的蝴蝶，吴改儿本身就有些心慌意乱。

薛聋子开始只顾一个劲地车水，对周围的事并不在意。后来越听越觉得浑身发躁，脸发烧。当胡怀章把他和现实中的女人联系在一起时，他突然觉得脑袋"嗡"的一下，像是被什么东西猛然击中，全身打摆子一样发冷发热，连喘气都显得不顺畅。他不知道将要发生什么，只觉得身体的某个部分在发生变化，浑身上下感到胀鼓鼓的，像是吹足了气的皮囊。他开始有些莫名状的害怕，依旧低着头，闷闷地用力踩着水车，希望能让全身多余的力气尽量多消耗一些。没容得薛聋子的无力挣扎，胡怀章直接将矛头对准了薛聋子。因为只有薛聋子一个人是没有结过婚的人。照理说薛聋子早就该做"大人"了，家里贫穷是一个方面，更因为那时薛聋子基本上已是一个孤儿，还有谁来关心他的婚事呢。胡怀章把目光投向薛聋子的时候，薛聋子正满面通红而不知所措。

"呀，你们快来看啦，聋子想女人了，聋子想女人了。"胡怀章像发现一件什么稀奇事似的怪叫着。"聋子想不想女人与你何干？再说聋子就不能想女人？"蔡癫子在一旁袒护着。当胡怀章看到薛聋子统腰裤的裤裆里突然勃起的时候，比看到一个女人在他面前脱光了衣服还来劲："扯篷啦！扯篷啦！聋子裤裆里扯篷啦！"随着胡怀章的喊声，大家不约而同地把目光投向了薛聋子。此时，薛聋子双手抓着水车横梁，尽量低着头，弓着腰，极力想掩盖住什么，无论他怎么努力，还是像一头退净了毛的猪，高高地吊在架子上，毫无遮拦地任人宰割。当时薛聋子一定是非常惊吓，这也许是他第一次性觉醒，要不他不会那样显得手足无措。他毫无办法控制下身无端勃起的物件，他这才知道身体发生变化的部位原来就在下边。他狠命地使出最大力气要那东西软下来，可是谁知越是使劲，那东西越是胀得慌，越是硬邦邦的不听使唤。薛聋子这时根本不知道怎么去迈动两条腿，一种本能的羞愧使他觉得无地自容。他好像已完全失去了意识，只听到胡怀章杀猪般地在大喊大叫些什么，还

界桩

有不远处的水车上的窃窃私语和喊喊的笑声。就在这时,薛聋子"砰"的一声从水车上摔了下来,继续转动着的车辘轳顿时将两条腿打得鲜血淋漓。笑声和叫喊声戛然而止,大家赶紧围拢来,全然忘记了腿被摔伤的因由。薛聋子坐在田埂上,并不觉得疼痛,他暗自高兴这一摔给了他一个难得的下台阶的机会,他先前想要努力达到而无法达到的事,就在这一摔之下,扯起的"篷"訇然倒塌,消失于无形。大家的注意力已由他的裤裆上急转直下,移到了腿上,开始关注他受伤的情况,这就使他在一种万分尴尬的境地中得以解脱。

这次偶然的事件,将薛聋子和吴改儿开始联系在一起。男人想女人的事,也很自然,更何况薛聋子已是三十大几的人了,他不可能不想些男女之间的事。这次偶然事件,一定是让薛聋子怦然心动,夜不能寐。这一夜他一定是在他黑洞洞的小屋里,平生第一次做起了关于女人、关于娶媳妇的梦。

六

我妪妪曾多次和我谈起庚午辛未年的那场大水。那是一场让她刻骨铭心的大水。

关于这场大水,地方志上是这样记载的:1931年7月上旬,连降暴雨,导致汉江水猛涨。河湖港汊,白水滔滔,一片汪洋,灾民如困大海。由于长期战乱,江堤年久失修,致使沔阳、监利、汉川、江陵等县受涝面积达80%以上,下游监利上车湾江堤岌岌可危,95%的房屋、农田被洪水淹没,受灾灾民上百万,近三万人被洪水淹死，40余万人分别蚁集在堤坡和墩台上，哀鸿遍野，惨不可言，其余人员四处逃命，流离失所，无家可归。

吴改儿的幸福生活被这场大洪水冲得面目全非，剩下的只有形单影只的痛苦。就因为这场大水，彻底改变了她的生活走向。

村里敲响第三遍锣的时候，抢堤的男将都撤回来了。倒口的消息一遍一遍地传来，才说江堤溃口了，接下来又说董家垸也倒口了。虽然还没见到洪水，传言比洪水还凶猛，搅得村子里鸡飞狗上屋。平时很少见的黄鼠狼、猪獾，竹叶青蛇等，有的拖着血红的舌头，有的瞪着泛绿的眼睛，在村子里旁若无人地四处乱窜。村子里到处都是一些被丢弃的破衣烂裳，坛坛罐罐，破损的农具。猪粪、牛尿的臊臭味混合在潮湿的空气中，黏黏糊糊的，熏得人睁不开眼。吴改儿背了个简单的包袱跟在丈夫张国忠后面，加入了像燕子飞一般的人群。张老大一家，好在有一条小船，吴改儿跟丈夫走陆路，张老大和阎久香走水路，这都是事先商定好了的。

这时的张老大还在屋里忙乎着。经常性的水灾，让张老大有了经验。从昨晚开始，张老大就开始拆自家的屋，他要将房子四周的墙壁一一推倒。辛辛苦苦一手一脚垒起来的壁子，要自己亲手将它拆掉，是件让人痛心的事。有几次张老大都想就此罢手，万一洪水不大，万一风浪不大，这墙壁不是拆得太冤枉了。张老大虽然言词木讷，也是个有心计的人，他知道如果不拆掉墙壁，洪水一上来，几个浪头就会将房子连根掀翻，不说瓦片无存，就是几根柱子也会随水漂走。张老大一边左思右想，一边还是不停地拆，他把拆下来的壁子一堆堆码好，希望他所想的那个万一会出现。拆到屋山头时，突然一道耀眼的白光把张老大仅存的一只眼刺得生疼，还没等他明白过来时，屋山头的一面镜子突然掉了下来，摔了个粉碎。张老大心里"咯噔"了一下，依稀记得，这面镜子是他张老大自己亲手挂在屋山头的，当时糊墙时，张老大

界桩

自作主张，将一面小圆镜挂在了墙头上，用以避邪。避不避得了邪张老大不知道，镜子突然掉了下来，这就让张老大心里有些疑惑。张老大也没细想，一咬牙，将剩下的壁子拆了个精光。然后他用事先备好的铁丝将一些农具、脚盆之类的东西一一穿上，系在了柱子上。整个房子拆得只剩下几根光秃秃的柱子顶着屋盖，就像一个脱得赤身裸体的人戴着一顶大帽子，显得十分滑稽。这样做的好处是，一旦水漫上了台基，四壁空空的房子，就会减轻波浪的冲击，不会将房子冲倒。

一条小船靠在屋后的小河边。这条河叫作胭脂古河，传说古时候这里是王公贵族的住所，那当然是极尽豪奢的地方，至少有如云的美女住在金碧辉煌的宫殿里，每日梳妆打扮，歌舞升平。美女们每天都要到这条河里用清水洗脸，时间长了，小河也被感染得妩媚起来，一条纯净的涓流就这样沾上了脂粉味，成了流淌着胭脂的小河。胭脂古河是村子通向外面的通道，经胭脂古河，人们可把船划到洪湖划到洞庭湖去讨生活。洪水来了，这条河又成了生命的通道，逆水而上，它会把人带到洪水淹不到的地方。

河里涨满了水，小船漂在河中间，就像是纸叠的玩具船在大水里游游荡荡。张老大跳上船，无可奈何地朝老屋望了一眼，就开船了。一家人齐齐整整地出门，再回来时却少了一人，这是张老大万万没有想到的。

一路上，到处是逃荒的人。人在前面走，水在后面追，每天都有从后面赶上来的口信，说水又淹到哪里哪里。逃难的人群密密匝匝，车拉肩扛，拖儿带女，好人都会拖出病来，更何况是七月天气，人和牲畜混在一起，吃喝拉撒全在一块儿，到处都是一片臭烘烘的。饿了吃野草、构树叶是常事。许多年老体弱的，走着走着，顺势便倒在了路边。沿河两岸，整日整夜喊爹叫娘，哭声一片，凄惨得叫人眼泪都流干。

界桩

张老大一家，凭着自家的一条小船，走走停停，来到荆门一个叫作后港长湖的地方后，才勉强落脚。张国忠作为张家的幺儿子，自幼娇生惯养，面对劫难，出不了什么力不说，人也拖得像个皮影儿了。吴改儿虽有心计，可怜生得单薄，负不了重。能否躲过灾荒，全靠哥嫂了。一副扳罾，一副下鱼的卡子，成了一家人活命的依靠。把一家人的性命绑在一副渔网上是件很危险的事，而在逃难的年代也只有这样了。用扳罾扳鱼是最简便的方法，用四根竹竿扎成十字架，将渔网在竹竿的四角系好，找个平整的埠头，把扳罾放到水里，只要有人不时地把罾扳起来，就能捕到鱼。做鱼卡子是细活，事先要用细细的竹签削成两头尖的竹针，然后把竹针捏成"U"字形，再把精挑细选的蒿草剪成一节节的圆圈，用它箍住竹针的两端，在中间放上鱼饵，一个卡子就做成了。将许多这样的卡子用绳子拦腰穿好，先天晚上放到湖里去，第二天早上去收鱼。阎久香每天要做的事就是做卡子、放卡子、收卡子。长湖的鱼多，鲫鱼、鲤鱼、大白鲴，随便下好网，第二天就能收回一些鱼。最要命的是没有油盐，每餐都是白生生的鱼，不说吃，看着都叫人作呕。

事隔多年，阎久香每当与我妲妲吵架提起那天早上的事，她总是一头雾水。小叔子究竟是怎么落水的，究竟是不是像吴改儿说的那样，是她将小叔子推下水的，她记不起任何细节。那天早上发生的事全都笼罩在一团团浓浓的雾罩子之中，隐隐约约看不清真相。那是她有生以来见到的最吓人的大雾。铺天盖地的乳白色大雾，浓得插得稳筷子，几米之外看不清人脸，天和地连到了一起，百里长湖分不清哪是水哪是天。尽管雾大，昨晚下到湖里的卡子，不管有鱼没鱼也得去收回来。本来每天都是阎久香和张老大下卡子起卡子，捞回来的鱼由张国忠和吴改儿挑到镇上去卖。早上张老大说身体有些不舒服，只有让张国忠和阎久香一起去起卡子。张家两兄弟张老大和张国忠看起来并不像是一个爹妈生的，张老大长得五长粗大，孔武有力，而作为张家的幺儿子张国忠生来就瘦小单薄，是一个手无缚鸡之力的白面书生。也许是父母对小儿子的溺爱，张国忠从小就没做过多少农活，而是让他在一家私塾的老先生那里读四书五经。好在张家家底殷实，两个儿子一文一武，日子也还过得有滋有味。两个老人相继去世之后，日子便只能由张家两兄弟自己过了。

浓浓的雾让人分不清早晚，阎久香和张国忠摸索着将船划到了湖深处，开始起卡子。湖面上的雾更大，随手抓一把都捏得出水来。船行走在水中，就像是漂浮在雾上，轻飘飘、晃晃荡荡，随时都有被颠覆的危险。阎久香在船头起卡子，小叔子张国忠在船尾掌篙，两人各执其事。雾大得像一团什么东西堵在胸口，让人呼吸都不顺畅。阎久香和张国忠像厚厚的雾一样沉默不语，机械地忙着手里的活。阎久香明显地感觉到这天早上的活路没有往常顺当，往日张老大撑船时又快又稳，他的一双眼睛似乎看得清沉在水底的网线，让阎久香随着网线前行时毫不费力，张国忠就没有了那种默契，不是将船撑到了网线的前面，就是偏离了方向。阎久香整个身子趴在船边，尽量将双手伸得更远些，一时间搞得手忙脚乱，又不好发火。出水的网线像一把剪刀，才把厚厚的雾剪开一条窄小的口子，立马又合拢来了。小船在网线的牵引下缓慢地默默地滑行着，只有被卡子卡住了的鱼儿在离开水面时的挣扎才弄出一些动响。

撑着撑着，船好像被水底的什么东西拱动了一下，左右摇晃，差一点将阎久香掀进湖里。阎久香头也没回地喊了声："掌稳。"过了一会儿，见还是没动静，阎久香顺势朝船头这么一望，顿时便慌了神，船头上已不见张忠国的人影。阎久香快速地从船头爬起来四处看了看，周围白茫茫一片都是雾、都是水，不见半点动静。她从船头跑到船尾，扯着嗓子喊了起来。满湖的雾气阴森森的，打不散、推不开，喊出的声音被浓浓的雾所挟裹，

第一篇

界桩

界桩

湿漉漉的，消失在近处。叫天天不应，叫地地不灵，阎久香吓得魂不附体，眼泪刷刷地往下掉。一个活生生的人转眼间竟像是被雾吞没了一般，消失得无声无息。

大水减退，逃难的人纷纷返乡。让吴改儿悲痛欲绝的是，丈夫张国忠再也没法跟她一起回家了，甚至连尸首都没找到。好几次她都想跳到长湖里算了，就留在那里陪同自己的丈夫。离开长湖的那天，她只身一人跪在长湖边上，和着眼泪烧了一堆纸钱，把丈夫永久地留在了长湖，留在了一团莫名其妙的大雾中。

七

洪水退去之后，吴改儿随着哥嫂回到了杂姓湾，回到了有七柱九檩的老屋。房子居然没被冲走，那张牙床居然也没有被冲走，吴改儿的丈夫张国忠却是被水冲走了，再也回不来了。

吴改儿再也无法跟哥嫂在一口锅里吃饭了。她在自己房间的一角，搭了个简易的灶台，与哥嫂分开来过。无儿无女，孤身一人，这种度日如年的日子，使吴改儿更加深了对阎久香的怨恨，许多个白天和夜晚，吴改儿一个人冷冷清清地把泪流完之后，便会无端地找事发泄怨气，阎久香正好成了她的出气筒。对于张国忠的死，阎久香虽然有说不完的委屈，但毕竟她有不可推卸的责任。更何况吴改儿认定她就是杀人凶手，杀人动机就是想独霸张家财产，吴改儿岂肯善罢甘休。吴改儿恨死了这场大水，恨死了阎久香，也恨自己无法消受她和丈夫张国忠的幸福生活。

同在屋檐下，哪有不碰面。低头不见抬头见，日子也就过得磕磕碰碰。

　　自从"扯篷"事件之后，薛聋子对隔壁的吴改儿就特别关注。当他一人在自家门前瞎转悠的时候，总喜欢偷偷地用眼睛往隔壁瞄，在他内心深处是想见到吴改儿的身影。每当吴改儿与阎久香为一些鸡毛蒜皮的事破口大骂时，薛聋子便成了最忠实的听众。只要吴改儿一动口，薛聋子便从床上一轱辘爬起来，撑大耳朵听，哪怕吴改儿嘴里吐出的全是最难听的脏话，对薛聋子来说都是最动听的歌。薛聋子一边听着这美妙的乐曲一边在心里为吴改儿助骂：狗子的们，欺负一个妇道人家算什么本事，就是穷死饿死也不能做这样伤天害理的事。骂得好，骂得那个缺了八辈子德的不得安宁。薛聋子对阎久香就有些咬牙切齿，恨不得冲上去扇她两巴掌，当然他也只是在心里这么想想罢了。

　　这天天还未大亮，薛聋子又被一阵吵骂声惊醒了。栽秧割麦两头忙的季节，村子里的男女老少回到家里都是两头不见日头。薛聋子本想多睡会儿再说，隔壁的叫骂声响起了。"偷我鸡子的狗日的，你听仔细了。"一句开场白过后，骂声就像剥蒜皮一般，一层层地剥开，剥得只剩下白白净净的冷酷与残忍。自从丈夫死后，吴改儿好像变了一个人似的，再没有了原先温文尔雅的贤惠，越来越变得像一个泼妇了。

　　"你要偷老子的两只鸡卖钱，那能卖多少钱？不如把你自己的姐儿妹子偷出去卖，卖到窑子里去赚大钱。"

　　"你要是把老子的鸡偷去吃了，你必定得遭鸡骨头卡死。你只要吃，吃了就得锁喉症，死你的全家。死得没人收尸。"

　　薛聋子一听就知道这是吴改儿的声音。骂声中还伴随着用刀剁着什么的声音。

　　为了不耽误手里的活，吴改儿将一大盆猪草放在旁边，一边骂一边剁着猪草。这种骂人方式，杂姓湾人有个说法，叫作"剁砧板"。一边骂一边用刀在砧板上剁，从形式上看这种叫骂具

界桩

有节奏感和特殊韵味，更为重要的是这种骂具有"治"的作用，比一般的骂要恶毒得多，就如同把被骂的人放在砧板上剁，不是十分恼怒，一般是不轻易采取这种骂法的。据说这种具有"治"的骂法十分灵验，至于被骂的人是不是害怕，那是另外一回事。

吴改儿这天收了个早工，她稍微将屋里打扫了一下，就开始清点几只宝贝鸡。"咯咯咯咯——咯咯咯咯——"房前屋后唤了几遍，五只麻色母鸡，一只芦花公鸡，居然有两只始终没有出现。她从门外篱笆边到草堆旁，从床底下到水缸空里，到处都寻遍了，就是没见到两只母鸡的踪影。把门外的树林中和草丛里篦子式地搜索过一遍之后，她就知道那两只麻色母鸡再也回不来了。这是比割她心头肉还痛苦的事。她自己一人生了一夜闷气，第二天天不亮便在门口骂开了。

几只鸡也让吴改儿劳心。吴改儿细心地将她的几只宝贝鸡都做了暗记，每当喂食的时候，她总是像守护神一样站在一旁，严防阎久香的鸡来抢食。人可以结仇，鸡们却结不了怨，虽然时不时被两家的主人赶得满处乱飞，鸡毛遍地，一阵喧闹过后，鸡们便又拢到了一起。最不争气的是吴改儿的那只芦花公鸡，自家的几只母鸡还不够它享用，它总是伸长脖子朝另外的鸡群张望，一有机会便扑了过去，死皮赖脸地围着母鸡转着圈求欢。吴改儿气得牙齿咬得咯咯响，恨不得一刀宰了这个作骚的家伙煨汤。几只母鸡也不让人静心，不是把蛋生在了别处，就是生到了阎久香的鸡窝里，好几次都被主人搞得鸡飞蛋打。

吴改儿一边骂一边走进走出喂她的小猪。她把猪草剁好后，在盆里倒了些猪潲水，然后再加上一瓢糠，小猪便欢欢地吃了起来。趁空隙，吴改儿跑出去，双手叉腰，又扎扎实实地骂了一回。小猪在欢欢地吃过一阵之后，便开始在猪食盆里一个劲地拱，它是想多吃点儿沉淀于盆底里的糠。吴改儿骂兴正酣，顺手便将在盆底乱拱的猪狠狠地敲了一棍子。小猪毫无思想准备，被吴改儿突如其来的一棍子打得无比委屈，一气之下，"呼"的一下挣脱猪绳，从盆子上面一跃而过，将半盆猪食绊了个底朝天。吴改儿更是火冒三丈，一边追赶着猪打，一边骂声更高：

"你是不想活了。老子今天就要你的命。"把头小猪赶得到处乱窜。

"你想害死我，没那么容易，老子就是要卡你的眼睛。黑心烂肝的骚货，你把老子害死了就能讨好？你不就是想独霸这份财产吗？作恶多了死了阎王都不会放过的，不是用石磙压就是用碾子碾，碾得你皮开肉绽。"

骂着骂着，不知是骂顺了口，还是有意而为，吴改儿叫骂的对象自觉不自觉地转移了，从猪身上转移到人身上去了。薛聋子一听就知道是在骂谁。

阎久香早上起来正忙着收拾屋里屋外，就听到了吴改儿的叫骂声，阎久香习惯性地停下手里的活，屏声屏气听了一会儿，等弄明白是吴改儿的鸡被人偷了后，也没有在意。这已是习以为常的事了，只要不是点名道姓地骂她，她是不会去理这个茬的。听着听着，越听越觉得有些不对头，那不是指桑骂槐，而是指着鼻子在骂自己了。阎久香实在忍无可忍，不顾张老大的阻拦，冲出来接上了火：

"哪个想独霸财产？哪个不得好死？一早上就像疯狗一样到处乱咬，你个扫帚星才不得好死！"

吴改儿正愁一个人表演有些枯燥无味，终于有人出来唱对台戏了，并且还是老对手，戏路子又熟，她的劲头更大了：

"我骂那个偷我鸡的人，你跑出来伸什么头，充什么六指？谁偷我的鸡，我就日她祖宗八代，就让她不得好死，就让她下油锅。"

阎久香一急，更加恶毒的语言像吐涎水一般地吐了出来：

"你这个白虎星，你这个丧门星，有你在一天，隔壁三家都不会安宁。"

界桩

"你这个断子绝孙的,你这个塞短棺材的,你这个死了无人收尸的,你要死得老子看见的。"吴改儿更是暴跳如雷。

戏一开锣,总不愁人看。在吴改儿和阎久香对骂的时候,周围慢慢地围拢了一些人,虽然村里人对吴改儿和阎久香的对骂已经不是很感兴趣,因为骂的次数多了,翻来覆去就那么几句话,炒剩饭,没多大意思,但大家还是不厌其烦地听,他们坚信,只要持之以恒,多少总会发现一些新鲜东西。听了半天,看来又一次令大家感到失望。田里农活正紧,人们大多是走拢来停一下便又纷纷走开了。

真是有些鬼使神差,就在这天夜里,阎久香家里的鸡也不多不少地不见了两只。

第二天早上,没等吴改儿开口,阎久香骂开了,矛头直接对准吴改儿。毫无疑问,阎久香理所当然地认为是吴改儿为了报复她,把她的鸡给偷了。这场纠缠不休的混战发展到最后,终于让村里人看到了一出好戏。

吴改儿虽然有心理准备,令她不解的是阎久香的鸡怎么也会不多不少丢了两只。吴改儿断定,绝对是阎久香在无事生非,故意找她的碴。

从砍脑壳、剁八块骂到操祖宗八代、断子绝孙,所有心里有的和没有的,只要拿得出来,只要觉得解恨,就统统往外倒。骂到后来,两人嗓子都哑了,再也发不出一点儿声音。所有相互对骂的话只能凭各自嚅动的嘴巴做出判断,这就令许多观众有些莫名其妙而又倍感惊讶:这对吵架的妯娌居然不用语言都可以听懂对方所骂的意思。当语言已不再成为攻击对方的有力武器时,这种战争势必就得更换另一种形式。

吴改儿不知是从哪儿学来的一招奇门异术。她非常娴熟地用两根木棍扎成了个稻草人绑在门前的石磙上,然后一天几遍将一盆盆洗脚水洗锅水猪潲水什么的往稻草人身上泼,如此一来便轻松多了，她只需要朝阎久香住的方向瞄两眼然后向稻草人泼水就行了，免得扯着嗓子骂不出声音而干着急。据说这一招特别灵验，只要在心里默念着想诅咒的那个人，然后往稻草人身上泼脏水，不出七七四十九天，被诅咒的那个人就会因此而病倒在床。

阎久香被吴改儿这个极端恶毒的诅咒弄得坐卧不宁，寝食难安，似乎就要大难临头。正当吴改儿又去向稻草人泼脏水时，阎久香再也坐不住了，她无比恼怒地从屋里冲出来，几把便将吴改儿精心扎制的稻草人扯了个粉碎。这一举动让吴改儿在一瞬间不知所措，接下来顺理成章地就动武了。相对于小巧玲珑的吴改儿来说，阎久香就显得有些人高马大。吴改儿比阎久香年轻，小巧玲珑的优势是手脚利索，还没等阎久香意识到，吴改儿一双并不算大但却有力的手已经抓住了阎久香的头发，阎久香的脸在极度惊愕的情况下开始变形。她只好低着头，虾躬着腰，两只手像被人生擒的螃蟹在头顶上乱抓乱舞。毕竟是身大力不亏，阎久香抓了几把未见效，便用身子死死地顶住吴改儿，双手改从下面进攻。这下吴改儿可就吃亏了，脸上脖子上被抓出了一道道血印。虽然吴改儿先发制人，揪住了阎久香的头发，但由于身材单薄，却没能阻止阎久香狂舞的双臂。在一种占尽优势的情况下，阎久香很快便将吴改儿的头发也揪住了。这下俩人一人一只手抓住对方的头发，另一只手相互紧握着，头顶着头地僵持在禾场上，活像两头拼尽全力抵脑的牛。

最早跑过来解交的是薛聋子。别看薛聋子平常呆头痴脑的，在关键时刻却表现出了他的才智，也许是因为爱的力量使他变得绝顶聪明起来。薛聋子先是将两人抓住头发的手掰开，然后用整个身体挡在两人之间，让她们雨点般的拳头往自己身上落，让她们比猫爪还要锐利的五指向自己背上脸上划。薛聋子的绝顶聪明是他始终将背对着阎久香而面朝吴改儿，这种挨揍的姿

界桩

势，是可以两边讨好。对阎久香来说，她不会认为薛聋子是为了袒护吴改儿在解阴势交，对吴改儿来说，她会感激地以为薛聋子是怕她挨打而展开双臂在护着她。薛聋子站在两个女人之间，尤其是站在离吴改儿那么近的位置，他根本感觉不到拳头与爪子落在身上的疼痛。看着吴改儿那张满含愤怒的脸，薛聋子一下子觉得自己真正活得像个人样了，他倒希望这场战争就这样无休止地打下去。也许双方实力消耗太大，经薛聋子这么一劝，也就很快见效了，这时在一旁围观的人也都或真或假地赶过来解交，也许是他们觉得再往下的节目已经出不了更精彩的片段了。

　　这一架的结果是吴改儿头发被揪落了几缕，脸上多出了几道深深的血印子，一只眼睛被打得肿起老高。吴改儿躺在床上，越想越生气，越想越伤心。当初嫁到张家，也就是想有个不打不骂自己的丈夫就算是前世积了八辈子德。张国忠虽然羸弱，好在对她还知冷知热。一场大水冲走了一切，将她朝夕相处的丈夫卷走了。嫂子如仇敌，张家是无论如何也过不下去了。回娘家吧，娘家已没有一个亲人，哪里又是安身之所？长长的日子像细细而坚韧的绳索死死地往肉里勒，疼痛只有自己知道。往后该怎么过呢？吴改儿越往深里想就越觉得没什么活头了，她就想到了死。她艰难地从床上爬起来，把弄得像鸡窝一样的头发理了理，然后又把被抓伤的脸轻轻地洗了一回，换了身干净衣服，深情地十分眷念地将屋里屋外环顾了一番，便出了门，她以再也不走回来的必死信心迈出了自家门槛，朝村外大禾场旁边那口深不见底的水塘走去。

第一篇　界桩

界桩

八

当吴改儿婀娜多姿的身影出现在通往水塘的小路上时，正在帮蔡癞子插秧的薛聋子老远就认出了她。

劝完架后，薛聋子就下田了，但他的心还留在村子里，留在吴改儿身上。薛聋子一边插秧，一边时不时地抬起头望望村子，脑子里被吴改儿那副凄凄楚楚的面容所充塞，他的想象中吴改儿这时肯定是一人躲在家里偷偷地哭泣，他完全没有想到吴改儿这时会出现在通往水塘的小路上。这一发现令他激动不已，他似乎忘记了手里的活。他只是觉得心里隐隐有些不安，预感到将有什么事情要发生。当他又一次抬起头朝小路上望去的时候，心猛然往下一沉。吴改儿突然一下子从小路上消失了。

"坏了，有人跳水了，有人跳水了！"薛聋子十分准确地判断出有人跳进了水塘里。薛聋子的喊声把一些正埋头插秧的人吓了一大跳，大家纷纷抬起头："哪里？哪里？"蔡癞子在一旁附和道："刚才我也好像看见一个人往潭边走来了，怎么一下子不见了呢？真的是跳水了吧？"

薛聋子急切得有些语无伦次地乱喊一气："吴改儿跳水了，吴改儿跳水了！我看见的，肯定是她。"薛聋子这么一喊，倒提醒了蔡癞子，他想，这几天吴改儿一直在跟阎久香吵架，今天早上两人还拼死拼活地打了一架，吴改儿一时想不开做出这种事是很有可能的。他冲着薛聋子喊道："叫叫叫，叫个屁，还不赶快去救人！"说着拉起薛聋子飞快地朝水塘边跑去。

要不是吴改儿在跳下水塘之前又犹豫了一会儿，就算是薛聋子跑得再快也无济于事了。按照当时的情形看，吴改儿的确还是一个不怕死的人。想象死亡和面对死亡绝不是一回事，吴改儿在家里把死的决心下得再大，在她真正要结束生命的一瞬间，她同样表现出一种对生命的眷恋，对死的恐惧，对生的渴望。尤其是她还在想是否就这样在阎久香面前认输。因此她不是站在岸边，把眼睛一闭，猛然就跳了下去，而是慢慢地走向水塘深处，好像是在欣赏死亡的过程，让最后的一分一秒都变得十二分美丽。当薛聋子和蔡癫子赶到水塘边时，已看不到吴改儿的身影。只见一缕头发漂浮在水面上，像一朵绽开的黑莲花。薛聋子奋不顾身地跳进水塘，狠命地抓住头发往上一提，吴改儿就像一截莲藕，被他从水塘深处抽了上来。薛聋子在一泓深水中摘取了这朵黑色的莲花，很难说他摘取的是幸福还是痛苦。因为薛聋子的全力相救，吴改儿后来就嫁给了薛聋子，因为吴改儿嫁给了薛聋子，薛聋子这一辈子就该在吴改儿的咒骂声中度过了。

这一下阎久香可惨了，村里有人私下嘀咕，说阎久香害死了小叔子又想害死已成为寡妇的吴改儿，太狠毒了，想要霸占黄家的财产，也用不着这么明目张胆地害人。也有人说吴改儿跳水是做样子的，其实她根本就没敢真往水里跳，要不那么大的一口塘水，连个吴改儿也淹不死？还有的说吴改儿原本是想吓唬吓唬阎久香，谁知阎久香是洞庭湖的麻雀——吓大了胆的，根本不理那一壶，结果只好假戏真做了。好在有个薛聋子正偷偷地爱着她，在她跳进水塘的那会儿，正好被薛聋子看见了，要不是薛聋子和蔡癫子几个人拼力相救，她只怕早就见阎王了。不管怎么说，阎久香在村子里好长一段时间抬不起头来。

第一篇 界桩

界桩

九

　　我依稀记得我妃妃曾跟我说起过界桩的事：界桩是用半边石磨做的，那棵槐就是紧靠着界桩栽的。门前的那棵槐树是我记忆中仅存的一个亮点。槐树粗壮的树干，茂密的枝杈，像一篷伞，覆盖着薛、张两家的地面。每到夏天，槐花开时，细小的槐花，白白嫩嫩的，散发着一股清香味。槐树下铺满了颗粒状的快乐，我们就在快乐上打滚。尤其是夏天的晚上，躺在槐树下，听我妃妃讲些离奇古怪的古话，讲些她经历过的儿长女短的事，捉迷藏的星星就藏在槐树的叶片中眨眼睛。

　　吴改儿把自己关在房间里，三天三夜不吃不喝，最后还是打消了死的念头，她突然意识到还有比死更为重要的事等着她去做。让吴改儿最为得意的是，作为陪嫁的一米宽台基，远比嫁给薛聋子更让她心满意足。再说薛聋子在她生死之交时的突出表现，从某种程度上也使得她对薛聋子的好感抵消了对他的贫穷与猥琐的看法。

　　吴改儿在决定嫁给薛聋子之前，就已经谋划好了划分台基的事，并且想到了埋下界桩的这一细节。

　　杂姓湾几户人家，沿河而居，屋后栽树，门前种菜，各家各户在自家门前开出一小块地方，围上篱笆，种些茄子、辣椒、青菜、萝卜，一家人就有了四季的蔬菜、水果。屋后是一片树林，长满了杂草。天旱不长庄稼，杂草却生长得枝繁叶茂，蒿草、野芝麻茎、常青藤乱七八糟地纠缠在一起，更多的是一种叫作"铁榨刺"的植物，艳艳地开过花后，就开始长刺，张牙舞爪的铁刺让人不敢靠近。仰望着天空的树木自由生长着，似乎挣脱了地面上的纷争，枝叶交错，根须相连，使隔壁三家分不出你我。张家得益于祖宗留下的一点儿家产，在村子里来说算得上殷实。几亩水田，几亩白田，一头耕牛，几件大点儿的农具，再就是一栋七柱九檩的瓦屋。就凭这些，新中国成立后土改时，张家被划成了下中农成分。接下来的农业合作社，张家的犁耙耖磙齐整整地被"合作"了，要说财产，也就只剩下一栋被水冲得七零八落的空房子了。吴改儿把自己关在房间里三天三夜想了个透彻，最终她带着陪嫁"下堂"，嫁给隔壁的薛聋子，其中深层次的原因是她这一辈子都要和阎久香纠缠到底。作为邻居，如同住在一个屋子一样，退可守，进可攻，不管是高声谩骂还是低声诅咒，都能在最短的时间内以最快的速度送到被骂人的耳朵里。

　　吴改儿以死相争的一米宽台基，看起来复杂，其实也很简单，无非是在有形的地面上做个记号，分出个你我。因此吴改儿把埋界桩的这件事，看得比自己出嫁要郑重其事得多。

　　这天，吴改儿请来左邻右舍、远亲近戚。她换了身新衣服，面对亲朋好友显得底气十足，甚至有些风光。一米宽的台基是件大事，吴改儿说了，要当众立字为据。她要在众人的见证下，埋一块界桩，让薛、张两家从此楚河汉界，互不侵犯。

　　一切准备停当之后，吴改儿理直气壮地说："既然把大家请来了，还得麻烦各位作个见证，"吴改儿指了指屋角里躺着的半边石磨说，"在台基上埋个界桩，免得日后说是道非。"她要把对阎久香的怨恨，对张家的怨恨深深地埋在地底下，她要把过往的伤心全部埋葬，这是她蓄谋已久的一招棋。要从原有的台基上划出一米宽的地给薛家，对于张家人来说，无异于拿刀在自己身上割下一块肉。吴改儿的这一招可谓绵里藏针，

第一篇　界桩

界桩

不显山不露水。张家人无话可说，众人也一致赞同。

吴改儿总会有些出人意料的举动，也不知道她从哪儿谋来的半边石磨，让众人不得不折服。只有石磨埋在地下能够天长地久，不会腐烂。黑乎乎的半边石磨，因年代久远，磨齿已经磨平，只有从外形上才能分辨出残存的生活痕迹。在我的印象中，当时杂姓湾家家户户都有这么一盘石磨，麦子、面粉、豆浆，都得靠石磨磨出来。一盘石磨，一副磨秆。磨秆成丁字状，一头吊在房梁上，一头搭在磨旁的把手上，一人推磨，还得有一人坐在磨旁边不停地往磨眼里"喂"麦子之类的东西。我妃妃的绝活是一个人既推磨又"喂"磨，她把要两人才能完成的事一个人做得麻利、顺当。先把要磨的东西在磨盘上堆好，然后找一根长短适中的麻秆，一边推动磨子，一边用麻秆将磨盘上的麦子往磨眼里赶，一推一赶，磨盘下的麦粉纷纷洒落，她一个人眼到手到，配合得恰到好处。上边雷隐隐，下边雨纷纷，打雷不出屋，下雨不湿尘。这是我妃妃教我的一个谜语，说的就是推磨的事。更多的时候我妃妃是一边推磨一边泪眼婆娑，也许她又想起了那些伤心事。一副石磨不知何故竟然成了两半，仅存的半边，颜色灰暗，像是被天狗啃过的半边月亮，看不出光明，另一半早已被人遗弃，不知去向，这就有可能让她想起死去多年的丈夫。要是没有那场大水，要是没有阎久香的蛇蝎心肠，吴改儿也不会落到这步田地。一副石磨，不知磨去了多少时光，也不知磨碎了多少喜怒哀乐，仅存的半边，正好被吴改儿派上了用场，她要将这半边石磨作为界桩，埋在地下，为自己腾挪出一片活着的空间。

说来也巧，正当众人选定埋界桩的地方时，突然刮起了一股"漩涡风"，大家都在为埋界桩的地点各抒己见，谁也没看清这股"漩涡风"来自哪里。"漩涡风"从门前的小路上向禾场上移动，像女人一样扭动着好看的腰身，不急不缓，婷婷袅袅，所到之处，卷起的枯草、尘土竟有一两人高。夏秋时节，

第一篇

界桩

界桩

村子里偶尔刮起"漩涡风"也是司空见惯的事,"漩涡风"起时,见到的人就要不住地念叨:"菩萨保佑!菩萨保佑!""漩涡风"是菩萨在地面上行走。要不是菩萨因事走得急了,是不会显形的。

让众人惊骇的是,这股"漩涡风"摇摇摆摆地"漩"到两家台基之间,突然间消失得无影无踪。

"漩涡风"来得蹊跷,走得怪异,没有人能说出这个征兆的好坏。"就把界桩埋在'漩涡风'的下面吧。"张老大眯缝着一只眼睛说,"既然有菩萨指引,宽窄也就是那么回事了。"

我爹爹薛聋子对于划不划分台基的事并不在意,至于埋不埋界桩更不在他考虑的范围,他在意的只是吴改儿这个人。张家在热热闹闹埋界桩时,薛聋子若无其事地在一旁看热闹,他完全就是一个局外人。

那半副磨盘是否就埋在了"漩涡风"消失的地方,不得而知。我只知道,我妣妣曾跟我提起过,她在界桩的旁边栽了棵小槐树。

吴改儿在办好这一切事情之后,终于走出张家大门,向前走了一步。这一步对她来说是人生中至关重要的一步,从张家到薛家仅一步之遥,这一步就让吴改儿和张家脱离了一切干系,这一步就成了吴改儿人生中的一大步。

+

多年以后,我妣妣抱着我坐在一张简易的木床上,随口唱着古老的歌谣:"扇子扇凉风,骑马过桥东,有人来问我,我是薛家的大相公。"木床是用几根粗糙的槐木拼成的,坐人的一面是一块起伏不平的厚木板，床板用几根木棍横着，在木棍上先铺一层棉花秆之类的东西，再在上面铺上稻草，稻草上铺床棉絮，也就成了个栖身之所。我妃妃坐在木床上的时候，她肯定会想起那张有三道"滴水"的牙床。床和床相比，那是天壤之别啊。

我妃妃一边唱着歌谣，一边神神道道地跟我说："我眼前又有一只蛾子在飞呢。"我趴在她面前仔细地看了看，就见一对混浊的眼珠子深深地陷在眼窝中，照不见人影，根本就没有她说的什么蛾子。"还是先前的那只，我认得的，就是那只彩色粉蛾，只是它现在也老得没有了颜色，黑乎乎的一团，在我眼前飞来飞去。"我妃妃一边说一边煞有其事用手在眼前挥来挥去，似乎在驱赶她所说的蛾子。迎着光亮，我也没看到她所说的蛾子，却看见有一只老虎蜻蜓从门前飞过，老虎蜻蜓很悠闲的样子，一晃就从槐树底下飞到隔壁篱笆上去了。

这时的我妃妃已经很老了，几根稀疏的头发早已绾不成髻，头上总是缠着一条黑不溜秋的对角袱子，一件好久没换洗过的对襟蓝布褂子披在身上，腰弓背驼地在地上移动。她把自己裹得严严实实的，关在她那间小黑屋里，不再出门。她怕风，怕声音，甚至怕人，除了我以外，谁都不理。"蛾子眼前飞，看来这次是挨不过去了，要老命过界的时候到了。"无论我妃妃说得多么伤感，我还是无动于衷。我认为她所说的蛾子根本就是她人老眼花臆想出来的事。

在我妃妃最后的日子里，她常挂在嘴边的是两个人的名字，一个是宝珍，一个是张国忠。她也不管我是否听得明白，总是颠三倒四地复述着一件事的结果。每当这时，她就会把我硬拉到她面前，环顾四周之后，怕人偷听似的细声耳语道："你知道吗，那个死鬼宝珍，真的是被我'克'死的，要是我把梳妆柜上的那面菱花镜摔了，她就不会死，谁叫她们不求我呢？宝珍托梦来找过我呢，我说要怪你就怪他们抹脸无情。还有那个

界桩

张国忠，其实不是被人推到湖里淹死的，那天他根本就没上船，怎么会到湖里去呢？"说到最后，她还要特别叮嘱一句，"这话你千万不能跟别人说，人命关天呢。"这时她总是习惯性把嘴朝隔壁呶了呶，她恨那个人恨得都懒得提起了，恨得已忘记了要恨的缘由。我在听说这些稀奇古怪的事时，就像在听她讲一些妖魔鬼怪的故事，除了紧张只有害怕。如今看来，那段封存已久的往事还真有些蹊跷，叫人难辨真伪。有一点是可以肯定的，一种似是而非的仇恨，一种若有若无的爱意，成了他们活着的念想，成了他们活着的全部意义。

阎久香早我妲妲几年过世。阎久香是否也像我妲妲一样深深地记恨着对方呢？这不得而知。我只知道被我妲妲恶狠狠地称着阎婆的人，对我并无恶意。我们都喜欢围在她身边，听她讲古话。白发苍苍的阎婆，拄着根拐杖，样子有些威猛，但并不是传说中的坏人，尤其是她在讲那些扯不断的古话时，轻言细语，时而语重心长，时而唉声叹气，似乎心中也隐含着无限悲哀和爱意。

几十年的时间过去了，杂姓湾基本没什么变化。路还是那条弯弯曲曲的泥巴路，河还是那条蚯蚓粗细的河，只是村里的老人如庄稼一样，割了一茬又一茬。过去的事，其中一些细节我也只是偶有所闻。我妲妲嫁到薛家后，应该说和张家就没有了任何瓜葛，薛、张两家的恩恩怨怨，即使她无时无刻不能忘怀，后人早已逐渐将其淡忘。在我们这一辈人中，只知道薛、张两家有着不同寻常的一段历史，也很少有人去刨根问底地追寻那些往事的真实性。要不是因为界桩事，这段历史就像我妲妲和阎久香的身子骨，早已烂在泥土之中了。

站在薛、张两家的地界上，我印象中的杂姓湾早已物是人非，那棵槐树也不见了踪影。埋藏在地底下的界桩像潜伏得太深的污点证人，伪装成泥土的样子，沉默不语，游离不定。我在两家台基四周看过多遍，怎么也看不出个所以然。

第一篇 界桩

魅 影

一

　　前一晚，杂姓湾的猫们折腾了一夜。

　　大大小小的猫约好了似的，在同一个时间一起发情。叫春的猫们，从村东头叫到西头，从树上叫到树下，从房顶叫到墙根，凄婉的叫声比一段凄婉的爱情还要悲痛欲绝。此起彼伏的叫声划破夜空，如同夏夜里的流星拖着长长的尾巴。平常无比温驯的猫，疯了似的到处乱窜，撕咬、打斗之声不绝于耳，好像错过了这一良辰美景就得断子绝孙，就得抱恨终天。那只大腹便便的公猫，原本鬼火一般蓝幽幽的眼睛此刻泛出了红光，龇牙咧嘴，上蹿下跳，稀疏的胡须在风中猎猎作响，为一群不守妇道的妻妾四处围追堵截，面目狰狞如同鬼脸。整个杂姓湾人的梦都被搅得情欲难耐，乱糟糟地纠缠在一起。

　　这一晚，杂姓湾毫无征兆地摸进了一群陌生人。

　　20世纪70年代，杂姓湾——这个江汉平原上的小村庄，闭塞得像一只被人遗弃的破鞋，兜风兜雨，跟四处留痕的脚印没有了半点关系。猫叫春，狗连裆，牯牛抵脑，成了人们感兴趣的话题。这群陌生人的到来，像头大牯牛滚进了狭窄的小水塘，连沉淀了许久的泥浆都被挤压得翻滚起来。突如其来的这群人从外形

界桩

上看大多是夫妇俩结伴而行，高的矮的，粗的细的，长发的短发的，与杂姓湾人不是一个扮相。有的臂膀上挂着蓝布包袱，有的拎着杂姓湾当时还很少见的提包，个个行色匆匆而又欣喜若狂，好像为寻找被遗忘的宝藏而来，又好像藏匿于深山峡谷中的英雄好汉为寻找绝世的武功秘籍而来。

杂姓湾是一个未见过世面的孩子，被这种大场面吓坏了。见人就狂吠不已的狗，呜呜两声后就悄悄地离开了村子，灌木丛中的麻雀，平常就像婆媳的闲言碎语铺满整个黄昏，此时却是一片沉默。只有小路上的杂草、田头地角的油菜花，激情澎湃地爱恋着春色，没工夫管这些闲事。匆匆而来的陌生人很少说话，问了，也只是说起一个杂姓湾人并不知晓的地方。他们用自己的南腔北调把杂姓湾搞得像个大集市，不同的方言，不同的音调，连说带比画，才让很少出门的杂姓湾人明白个大概。这些操着不同口音的人，向杂姓湾人诉说着同一个问题：讨个地方过夜。一旦得到允诺，便三缄其口，一脸虔诚。说是讨个过夜的地方，也只是在每家的堂屋里铺上稻草，搭个地铺，宽敞点儿的堂屋还容纳了两对、三对夫妇。主人家只有拿出破棉絮权当被褥，将就对付。客人也并不挑剔，千恩万谢，倒头便睡。杂姓湾虽然好客，没想到一晚竟来了这么多客人，显得措手不及又惶恐不安。这就像一间小屋子突然挤满了全是不认识的客人，虽然大家口头上还是寒暄着，心里却疑虑重重，摸不清来头，让人提心吊胆。究竟是敌是友、是祸是福，搞得一湾子的人云里雾里。

杂姓湾这个小村子，被一群不速之客挤得连空气都紧绷绷的，一捅就会漏气。

这天夜里，杂姓湾叫春的猫集体失声了。

二

　　这天晚上发生在忠兴大伯家里的事，离奇诡异，让人讳莫如深。

　　忠兴大伯老两口独自住在湾子东头的一个高坡上，一间小瓦房，像只出群的孤雁被甩在一旁，有点儿离群索居的味道。瓦房的西边是一块平平整整的砖墙，这块砖墙成了村子里最显眼的标语牌。墙壁上的标语，一层叠一层："三年赶英，五年超美！""破四旧，立新风！抓革命，促生产！""誓死捍卫毛主席！无产阶级文化大革命万岁！"红的黑的紫的字迹依稀可见。这堵墙成了湾子里的编年史，从那些颜色斑驳的标语中，不难分辨已发生或正在发生的重大事件的影子。最新的一条标语是前不久村里的会计蔡家旺涂上去的："人口非控制不行！"白底黑字，非常醒目。刷这条标语时，忠兴大伯提了个小小要求，要蔡家旺把淡淡的石灰水多刷几遍，并且比平时刷宽一倍。忠兴大伯说，墙上已涂得像个花脸曹操了，多刷点儿石灰水盖一盖。他心里的小九九是要蔡家旺把石灰水涂得再厚些，盖住墙上已有的裂缝。湾子里识字的人不多，这条标语和其他覆盖了一层又一层的标语一样，当时并没引起人们多大关注。要是知道有后来那场惊天动地的计划生育运动，他要蔡家旺用石灰水把满墙涂了几遍之后再写也不为过。

　　门前一条小路，多数时间潜伏在青的黄的杂草丛中，看不清来龙去脉。忠兴大伯无事时，坐在堂屋中间，从高往低看，

界桩

喜形于色、忧心忡忡、趾高气扬、蔫巴拉几的各色人等，都能看个一清二楚，甚至连他们或喜或悲的缘由都能揣摩得八九不离十。路旁垒了间茅厕，砖砌瓦盖，比一般人家的房子修得还整洁。忠兴大伯特地在茅厕周围种了几棵树，夏可遮阳，冬可蔽风。一株高高大大的栀子花树非常打眼，栀子花树开花时的香气与茅厕的臭味相得益彰，引得过路的人无屎无尿也会好奇地钻进去瞧瞧。路旁盖个茅厕并不奇怪，奇怪的是钻进这个茅厕的人出来后都是一脸惶惑，有的甚至是提着裤子跑出来的。不知出于什么目的，在茅厕的内壁上，忠兴大伯画了个似是而非的阴阳八卦图，一黑一白的两块颜色纠缠在一起，图案中黑白分明的两个圆点，像一双错位的金鱼眼睛，横着看人。上茅厕的人只要一蹲下去，就不得不和两只一黑一白的鼓鼓的眼睛对视，横竖都看不出一丝善意，让人毛骨悚然。

　　忠兴大伯和老伴王引宝没有生养，年轻时还盼着老天开眼，能给他个传接香火的后代，盼着、盼着，就老了，就不再去想了，他便开始琢磨关于传宗接代以外的事。忠兴大伯平常与湾子里的人来往不多，但这并不影响他在湾子里的威望。哪家的孩子病了，请他去瞧瞧，他会找些民间的土方子，再嘱咐主人家望着东西南北方烧些纸钱，十有八九，孩子的病就好了。当时的情形，湾子里治病靠的是郎中，富裕点儿的家庭有人生病了，抓几服药，用瓦罐一煨，也许就喝好了，没钱看郎中的家庭，有了病也只是拖着，无病无灾是命，有病有灾也是命，医得好的是病，治不好的是命。有人信，忠兴大伯就神了，不说手到病除，至少能给人一线希望，当然治不治得好全在天意。

　　从这天晚上开始，忠兴大伯除了能医治病痛外，不可思议的是还具备了一种"通神"的本领。

　　鸡上笼，鸟归巢。忠兴大伯像往常一样，趿着破布鞋，披着粗布大褂，正要关门睡觉，一对中年夫妇从天而降似的破门

界桩

而入，将忠兴大伯挤在一边。惊骇之下，忠兴大伯没系牢实的统腰裤吓得差点掉了下来。定了定神，忠兴大伯就看到屋檐下、禾场的草堆旁，还坐着一对对陌生男女。这些人相互之间并不搭理，面无表情，静默地守候在那里，一副不达目的誓不罢休的架势。

陌生人进屋后便跪地不起，请求菩萨开恩，要忠兴大伯替菩萨"送"给他们儿子。自古以来，还只有观音娘娘送子一说，这种胆大包天的请求让见多识广的忠兴大伯也惊愕不已，一时无言以对。忠兴大伯以为又是谁在和他开玩笑，怎么突然就有人找他"送"子呢？他要是真有"送"子的能耐，那还不得为自己先"送"一个再说。他想做些解释，可是来人根本听不进他说的话，怎么说他们也不信。容不得忠兴大伯去仔细琢磨其间的蹊跷，陌生夫妇十二分虔诚的请求让他不得不点头应承。菩萨没有嗣后很正常，凡人没有后代就不正常了，只要菩萨发善心，只要心诚，希望总是有的。

忠兴大伯恍恍惚惚中打发走了第一对夫妇，接着便是第二对："我们是从湖南来的，我们一直行善，到现在还没儿女，求菩萨保佑，让我们也生养一个，男孩女孩都行。"夫妇俩一边跪地磕头，一边喃喃自语，好像就是在求菩萨，并不是在求他忠兴大伯。

"您就发发善心吧，有些话是不能说破的啊。您看外面那么多人都在等着，那还有误？请菩萨显灵，我们会一辈子烧高香的。"这对夫妇望着忠兴大伯把好话说尽。

对于在绝望中请求帮助的人来说，那都是以命相托，被请求者几乎没有推卸的理由。忠兴大伯此时就像一头笨牛被人拖进了一摊烂泥之中，每前行一步，都有深陷其中而不能自拔的危险，但他却没有了后退的可能。老伴王引宝的一句话让他有了些底气："人家千辛万苦找到这儿，就是个讨口水喝的路人，你也得给瓢儿水吧。"忠兴大伯有些被逼无奈地整理了一下粗布大褂，净了手，点了香，烧了纸，然后包了点儿纸钱灰，开始了他的"送"子仪式。更让人没想到的是，这对夫妇临走前，居然将一张整五元的人民币放在了香案上，说是上的香火钱。

忠兴平常大伯给人瞧病，也就赚几个鸡蛋，或者两斤菜油，还从来没拿过人的钱。五元钱有多少？忠兴大伯掂不出分量，贫穷是不能以斤两来算的。按当时一个鸡蛋两分钱算，五元钱要买250个鸡蛋，250个鸡蛋放在堂屋里应该是白花花的一片。这让忠兴大伯又兴奋，又有些愧意，他明知一撮香灰能让人生子是不靠谱的事，但他又不能推辞，更不能推辞的是来人还给了他五块钱的一份大礼，这就让他像吃了颗青皮李子一样，酸得口水之后还有那么一丝甜味。反正已是骑虎难下了，他只有把手中的活做下去，这就像栽秧割麦，季节到了，不下地都不行。刚开始忠兴大伯还中规中矩按照程式走，烧香焚纸，作揖叩头，然后包一撮香灰，走人。接下来人越来越多，他也失去了耐心——来一对夫妇，就从香案上包一撮香灰了事。忠兴大伯的愧疚之心已荡然无存，他现在只是盯着香案上逐渐多起来的人民币了。

正当人们为一群陌生人突然涌到村子里感到迷惑不解时，从忠兴大伯的老伴王引宝嘴里传出的几句话更让人震惊："一胎刮，二胎扎，三胎四胎永不发。"这则谶言像梅雨一样下得整个村子湿漉漉的，生出可怕的霉斑。说是要不了多久，就要像阉猪一样开始阉人了。说是月桂树上的菩萨开始显灵，要趁这个时机，让没有生育的夫妇都能生子。大家在将信将疑中认定这个说法应该事出有因——王引宝平常笨嘴笨舌，少言寡语，她不可能编排出这么耸人听闻的话。

第二篇

魅影

界桩

三

  封闭的杂姓湾那本来就不严实的外壳,就这么被一群不速之客轻易地挤碎了,就像一只鸡蛋被打破之后,蛋清蛋黄混在一起,摊在哪里都不好收拾。

  荞儿住在湾子西头。这一年,荞儿36岁上铁树开花,稀里糊涂地为贵根家生了个儿子。荞儿是一株苦荞,像湾子里其他妇女一样,单薄的身子如随风飘落的一粒草籽,在并不肥沃的土壤上,静悄悄地、缓慢地生长着,直到枯萎,烂在尘土里。湾子里的风言风语并没有将她吹倒,荞儿如同一株纤弱的荞麦,细小的白花开过之后,跟其他庄稼一样开始结籽,荞麦的颗粒虽小,但也结实,结实得让日子并不显得慌张。

  这些天,一拨一拨的外地人先是涌向湾子东头,然后又一窝蜂地涌到西头,在荞儿家周围打转。荞儿开始并没在意,以为这些人只是漫无目的地在湾子里打转。来的人多了,才发觉问题并不那么简单。她发觉一对对看来十分温顺的夫妇,只要见到她的孩子,眼神立刻大放光彩,先是惊讶,再就变得直勾勾的,鹰爪一样,要把她的宝贝儿子从她手中叼走似的,然后是一副惬意的满足模样,好像做贼已然得手后的那种满足。荞儿怕见到这种眼神,这眼神如一柄锋利的锥子,直往人心里锥。忠兴大伯送子的事和荞儿扯上了关系,荞儿便预感到,这就是一坨"溏鸡屎"粘到了脚上,轻易甩不脱了。两年前,湾子里闹得沸沸扬扬的那件事,一度让荞儿痛不欲生,随着儿子的出生，她将那些挠心的往事像腌菜一样封存在坛子里，为的就是淡忘。越是不愿提及的事，越是有人要提起，这些陌生人像是蚂蟥听到了水响，蜂拥而来，聚集在她的房子周围，一不小心就被叮上了。他们总是以讨口水喝、歇歇脚的名义，敲开荞儿的门。

荞儿被这群人搞得惊慌失措，为了躲避，打算回娘家过几天。趁湾子里吃晚饭的当口，荞儿简单地收拾了一下，头上顶了条毛巾，抱着儿子准备出门。无意间自己的脸从柜台上的镜子里晃过，让荞儿有些吃惊。这面小圆镜还是出嫁时的一个贵重物品，好多年了，荞儿早已不照镜子，镜面已有些模糊不清了。荞儿拿起镜子，用手擦了擦，镜子里的影像斑斑点点地呈现出来，明一块暗一块的图影让荞儿不敢相信镜子里的那个人就是她自己，纤细的眉毛已经失去了黑亮的光泽，额头上的皱纹清晰可见，完整的脸庞被镜子搞得支离破碎，像痢痢头上的疤痕黑一块白一块的。荞儿嫁给憨头憨脑的贵根，也是实属无奈。一个女人在出嫁之前要想自己找个如意郎君，无异于未嫁先孕，那是要被千人指、万人骂的。一旦嫁人后，再去找个相好的，倒不会被说成有伤风化，人们将此当作风流韵事一笑而过。这并不是荞儿在为自己找什么借口，如果不能为贵根家留个后，为自己百年后留个养老送终的，一辈子等于白活了。这就是荞儿唯一的一点儿指望。至于后来所发生的事，也是情非得已。荞儿叹了口气，低头看了一眼怀中熟睡的儿子，才匆匆出门。临行前再三嘱咐丈夫贵根不要跟别人说起她回娘家的事。荞儿做贼似的走出湾子后，心情才逐渐好了起来。

离湾子不远的田野里，有个隆起的小土包，土包上孤零零地生长着一棵叫不出名字的树，不知生于何年何月，寒来暑往，风霜雪雨，不知不觉中长得枝繁叶茂，几个人都围抱不尽。荞儿回娘家要从这棵树下经过，走到树前，她肃然起敬，对着树

界桩

作了个揖。荒野里的一棵树，原本并无特别之处，一旦大到让人不可理解时，就会受到崇敬。湾子里的人有个小病小灾，就到树前烧一沓纸钱，十有八九病就好了。如果有什么心愿，到树下许个愿，没准就能所想成真。这棵树作为神树的光芒照亮周围村子时，还是经杂姓湾的人传说之后。忽然有一天，杂姓湾人说这棵树就是月亮上的那棵月桂树，这棵树就因此而显得更加神奇了。杂姓湾和邻近的村子都是沿河而居，屋后的河流成半圆形划定，整个大湾子也就住成了弧形。让邻近村子里的人面有愧色的是，杂姓湾人独具慧眼，发现了这棵树的神奇之处。在月光如水的夜晚，倘若站在湾子中的高处向田野望去，就会发现一个奇怪的图形，整个大湾子仿佛就是天上月亮的投影，静静地安睡在大地上，田野里那棵孑然而立的树与月亮中的月桂树极为相似。这一发现不但让邻近湾子里的人钦佩不已，连杂姓湾人都觉得自己拥有了一块风水宝地。究竟是谁独具慧眼，一语道破天机，有人说是忠兴大伯，也有人说是唐老爹，反正是杂姓湾人无疑。荞儿起先并不相信这些杜撰出来的故事，说的人多了，也就不得不信。后来所发生的事，她虽然在内心深处还是有些将信将疑，但无论是为了安慰自己，还是为平息满处乱飞的风言风语，荞儿也只能一口咬定：是月桂树上的菩萨显灵。

月桂树四周是一片水田，田里灌满了水，压在水田里的红花苕籽儿，沤出了一种酸酸的略带一丝甘甜的味道，雀鸟在田间地头上下翻飞，在啄食些什么。割麦插秧的季节，显然不是走亲戚的最佳时候，荞儿被一群陌生人搞得心烦意乱，只好选择出走。走着走着，荞儿就觉得后面有些动静，她下意识扭过头，发现果真有一对夫妇正紧紧追赶着她，这一发现让荞儿既慌乱又愤慨。天色尚早，太阳离远处的树影还高，无端地被人跟踪，让荞儿心里感到极不舒服。她索性放慢脚步，将包裹着儿子的

第二篇

魅影

界桩

衣服弄得严实些，看看那对夫妇究竟想干什么。来人并无恶意，只是走上前问道："你就是荞儿吧？""我又不认识你们，你们管我是不是荞儿。"荞儿没好气地答道。"能让我们看看你怀中的孩子吗？"这对夫妇为自己的唐突显得有些不好意思。"我的孩子有什么好看的，要看你们回家去看你们自己的孩子。"荞儿的这句话似乎具有某种神力，让一对夫妇呆呆地站在了那里。荞儿也管不了这些，抱着孩子径自离开了。走了很远，她才回过头去望了望，看到那对夫妇像两个泥人戳在那里，夕阳下，只剩下两块忧伤的剪影。让荞儿感到不可思议的是，这件事根本没有因为她的逃离而结束，其中的两对夫妇居然东打听西打听地找到了她娘家的住处，搞得娘家人也不知发生了什么事，围在她身旁刨根问底，喋喋不休。

荞儿只好像一名罪犯，被一群不明身份的执法者押解回了自己家里。

四

说水可以点燃灯，这话肯定有人不信。说月桂树上的菩萨显灵，授意忠兴大伯送子，且荞儿的儿子就是例证，这话就容不得人断然摇头。探访杂姓湾的一对对夫妇，还在一拨一拨地来，并且有增无减，这些人傍晚时分偷偷摸摸地进村，早上便消失得无影无踪，似乎什么事情也没发生一样。

只有六指队长一副胸有成竹的样子，对诸如此类的说法无动于衷。作为一队之长，对村子里发生的事他绝不会充耳不闻，反正六指队长显得异常镇定。

倒是另一个传闻让六指队长十分警觉。听说忠兴大伯在送子的同时，香火钱收了不少，多得要用麻袋装。他多方打听，明察暗访，似乎急于证实这一传闻的真伪。

从"开秧门"到现在，大家都在起早摸黑地忙，早秧插得差不多了，端午节也就快到了。这天，六指队长把挂在自家门前槐树上的铁犁头敲响之后，宣布了一则让人激动的消息，说是今年上面允许划龙船了，还要举行龙舟大赛。大家听了先是有些振奋，继而便将信将疑地走开了。划龙船的消息传开后，大家并没有当回事，神龙见首不见尾，也可能只是说说而已。信不信由你，有没有就由不得你了。这年头什么稀奇古怪的事都可能发生。端午节划龙船还是好久以前的事了。那时候，每到这个节气，人们便把队里最好最大的船做一番修整，再请来木匠师傅，打一个"撮头"，在撮头上雕出龙头，套在船头上，一条龙船就成了。各家各户挂好艾蒿，吃了粽子，就等着去看龙船了。自从大搞"破四旧、立四新"之后，划龙船的事就再也没人提及。

这天晚上，六指队长把唐老爹、胡怀章、蔡家旺几个头面人物喊到自己家里，开始合计今年划龙船的事。生产队管事的也就是一个队长，一个会计，一个管理员。队长负责全村的大事，会计负责计工分，管理员负责管理仓库，分工明确，职责清楚。在决定重大的事情时，请来村里德高望重的几个老人合计一下，事情就办成了。也不知是六指队长的疏忽还是有意为之，这次商议划龙船的事时唯独没喊忠兴大伯。

"好多年都没划龙船了，今年要比赛，得好好准备准备。"六指队长说。

关键还是龙船的问题，原有的撮头、桡子、龙头早就被一把火烧掉了，现在得重打锣鼓重开张。大家你一言我一语说了半天，话就逐渐进入正题。

第二篇 魅影

界桩

"反正得从头来，不如我们打一条新船，今年划了明年还可以划。"六指队长说。

说到打船，气氛顿时严肃起来。要打船，就得有钱，钱从哪里来？每年划龙船的钱，都是各家各户摊派的，热热闹闹过个端午，吃粽子、看龙船是必不可少的事，虽然大家都很热心，但是拿钱时还是有些不情不愿，要打条新船，那可不是一个钱两个钱的事，摊到谁家头上都为难。就这样，刚才还热热闹闹的气氛，像一团火被一瓢冷水泼灭了。

"大家都担心钱的事吧？今年造船不要各家各户出钱，怎么样？"六指队长打破了沉默。

说起粑粑不用米做，不从各家各户摊，难道从路上去捡？蔡家旺小声咕噜着，旁边的人都跟着附和起来。六指队长并不急于说明原委，等大家七嘴八舌说得差不多了，才正色道："钱的事我来负责，但必须得请唐老爹出马。"唐老爹正把新摁上的一锅烟叶子'叭叭'地吸得忽明忽暗，六指队长的话让他一口烟喷得不顺，呛得咳嗽起来，他没有立即说什么，继续抽他的烟。大家颇为兴奋地要六指队长说得明白些，但六指队长反而开始卖关子："山人自有妙计，说穿了就不灵验了。"闲扯了半天，没说出个所以然，六指队长的"山人妙计"，在大家看来也只是画饼充饥，当不得真。

六指队长把一行人从家里送出来的时候，月亮已高高地悬在了空中。月色很好，月亮中的那棵月桂树清晰可见，甚至可以瞧见那个正在砍树的人的身影。六指队长把故意落在后面的唐老爹拉住，耳语了一阵。对于六指队长的话，唐老爹未置可否，嗯哈了两声就分手了。

等六指队长回头看时，在唐老爹一行人走过的小路上，又隐隐约约地出现了一对对摸进杂姓湾的陌生人。六指队长得意地笑了一回才进屋。

五

没过几天，来杂姓湾的一对对神秘的夫妇突然涌向了唐老爷的家。有人私下里议论：忠兴大伯只不过是个小角色，在他那里求的"子"，多是女儿，而唐老爷才是真神，想要儿子，到唐老爷那儿去求，一求一个准。

忠兴大伯这段时间昼伏夜出，殚精竭虑，人瘦了一圈，突然间被人当作神供奉，让忠兴大伯觉得自己真的有了某种神力。他坐在神的位置上悠然自得，几乎忘了神的宝座所安放的地方。近几天，来求子的人明显少了许多，从天而降的香火钱自然也就少了许多。老伴王引宝在村里转了一圈，回来对他说："好多人都往唐老爷家里去了。"这让忠兴大伯如梦初醒，一下子从神的位置上跌落到现实中。他早就该想到这一点，他隐隐约约感觉到，掌控这一切的除了重阳树上的菩萨，还有一只无形的手。他有充足的理由相信，在这场游戏中，他只是被人牵着的一页风筝，风筝的线一动，他就得悬在空中打哆嗦。两年前那桩让他耿耿于怀又无可奈何的事，像过皮影戏一般浮现在眼前。

荞儿36岁开胎，一生就是一个儿子，还真是件稀奇事。说起来，这事还真的与忠兴大伯有关系。为了生养，荞儿多次去求忠兴大伯，忠兴大伯也乐意解人之难，全心全意地为荞儿想法子。那段时间，虽然旁人的闲言碎语很多，但荞儿有了身孕是谁也不能否认的事实。随着荞儿儿子的出生，忠兴大伯满以为会堵住一些人的嘴，让自己有尊严地解脱出来。事实上，深藏于忠兴大伯

界桩

心底的隐秘，还无时不让他既热血沸腾而又无地自容。

两年前的那个夜晚，忠兴大伯以为自己已做得滴水不漏的一件事，却出现了始料未及的后果。他明知是中了别人的招，但就是有苦难言。

生产队的禾场离湾子有一箭之地，很像是湾子伸出去的一个巴掌，全村人吃的穿的用的都得先在这个巴掌上摊开。稻子熟了，一捆捆的稻子被男人们肩挑船运地搬回来后，在禾场上摞成堆，等到有满月的夜晚，再将稻子在禾场上铺开，用牛拉着石磙碾下谷子。卖完所有任务粮后，剩下的就是一湾子人的口粮了。棉桃炸了，妇女们一人一个大包袱系在腰间，将棉花摘下来，然后一个个孕妇般地挺着个大肚子，把雪一样白的棉花在禾场的架子上摊开、晒干，交完任务后，剩下的分到各家各户纺线织布，换回一身新衣服。那天月十五，轮到忠兴大伯和贵根一同赶场。忠兴大伯要贵根牵来一头大牯牛，把四架石磙一字排开连在一起，就开始赶磙了。石磙碾在厚厚的稻子上，像人翻滚在铺好的新婚的床上，一种清香一种期待，让人的心都是软软的。忠兴大伯更是觉得这个夜晚有着天作之合的绵绵情意。事后，他越想越觉得这件事从一开始就是一个做好的笼子，只等他往里面钻。这个笼子就像捕捉黄鼠狼的长长的木笼子一样，笼子里放着香饵，散发出不可抵挡的味道，循着味道往前走，等进了笼子，踏中机关，才知道追悔莫及了。忠兴大伯叫贵根牵来了牛，他将轭头缆子在牛颈上拴好后，留好合适的长度，把四架子石磙连在了一起。这些细活贵根做不来，只能他动手。一切都在预料之中，赶着牛转了几圈，忠兴大伯才得意地将牛绳交给了贵根："来，你来试试。"贵根接过牛绳，手中的柳条在牛屁股上没轻没重抽了一下，叉角牯牛被这突如其来的一下打得有些发懵，"噌"地朝前蹿了几步，恨不得要发毛。"不要打它，你顺着他的势朝前走就行。"忠兴大伯交代道。正说着，牛要拉屎了。牛也跟人一样好懒屎懒尿，

也好，免得跟他说上半天。忠兴大伯随手抓了一把稻子，双手捧着站在牛屁股后面，热气腾腾的一大坨牛屎捧在了忠兴大伯手上，半点都没有留在稻场上。看到没有，不能让牛把屎拉在稻子上了。在赶稻场的事情中，防止牛把屎拉到稻场上恐怕是最重要的细节了，一旦有误，让牛把屎拉到了场子里，那这个赶场的就会名誉扫地。就冲贵根那副呆头呆脑的样子，忠兴大伯就不得不多跟他说几句："我赶上场，你赶下场，你先睡一会儿，完了我叫你。"忠兴大伯吩咐完，接过贵根手中的牛绳，从外场开始碾起。

晚上的月亮又大又圆，天空无云，月亮更显得清纯，透明。一阵风掠过，月亮里面的那棵月桂树仿佛随风而动，墨绿色的树叶哗哗作响，树底下的人幽幽的叹息声也侧耳可闻。忠兴大伯觉得那个被罚的人根本就没在砍树，他举起的斧头只是做做样子罢了。他的眼睛或许正盯着美丽的嫦娥。想到这里，忠兴大伯暗自笑了。难得在一个清净的夜晚仔细观察他自己参与杜撰的一个神话，关于湾子中间的树就是月桂树的说法，是不是他忠兴大伯最先发现的无关紧要，反正这件事与他有关就行。

下半夜的时候，月亮正正地悬在半空，月色把整个村子漂洗得清亮。只有知更鸟还在林间穿行，一边走，一边发出老人咳嗽一样的叫声，时断时续，显得十分怪异。忠兴大伯叫醒贵根之后，在村子里转悠了一圈，不见半个人影，才侧身摸进了荞儿的门。

荞儿向忠兴大伯求子是情真意切的，开始是忠兴大伯不忍心让荞儿失望，装香化烛地应付着，每个月初一和十五，荞儿都要到忠兴大伯家里去一趟。荞儿长得并不好看，但也不像那种黄皮寡瘦、一看就没有生育能力的女人，荞儿是要屁股有屁股，要胸脯有胸脯的女人，嫁给憨头贵根好多年，肚子里总是没有动静。贵根不急，荞儿急。荞儿又是个有些心计的女人，总想为贵根家生个一男半女，于是求神拜佛，寻找偏方，希望能有

界桩

个圆满结局。湾子中间的月桂树，让荞儿萌生了一线希望，她之所以那么相信忠兴大伯，还不如说她相信的是月桂树上的菩萨。至于后来她敢于得罪六指队长、一切按忠兴大伯所说的去做，她固执地以为，那都是神的旨意。

事后，忠兴大伯才恍然大悟。这天晚上，从上半夜到下半夜一直有一双看不见的眼睛在偷偷地盯着他，这双眼睛就像藏在云缝中的某颗星星，你看不见它，它却瞧得见你。无论你做得多么堂而皇之，它都能看清楚你内心的那点儿肮脏事。接下来发生的事令忠兴大伯羞愧万分，上天无路，就是没有梯子他也想往上爬，下地无门，即便是个洞他都想往里钻。忠兴大伯在窗前咳嗽了两声，荞儿就把门开了。万万没想到的是，忠兴大伯刚把自己脱得一丝不挂，贵根鬼使神差地返了回来，撞开门的声音像平地一声炸雷，把忠兴大伯炸得魂飞魄散，慌乱中只好拧着裨裤，在毫无遮拦的月色中飞奔。忠兴大伯赤身裸体地在前面跑，贵根一边高喊着"赶强盗"，一边操起扁担在后面追，追得雀鸟乱窜，追得月光摇曳。

这件事让杂姓湾人在好长时间里用不同的版本讲述着同一件事：有的偏重于屋内情景，说是贵根在自家床上按住了赤裸裸的两个人；有的偏重于屋外追赶的过程，说是要不是屋后那片茂密的树林，被追赶的人绝对有脑袋开花的危险。忠兴大伯好长时间里都觉得自己是光了屁股站在众人面前，连菩萨也不肯附身。没过多久，荞儿奇迹般地怀上了孩子，人们也就不再关心那晚贵根追赶的究竟是谁了。杂姓湾人总是健忘的，大家更乐意为时下发生的事找出理由。荞儿一天比一天大的肚子，是不容置疑的，至于她怀上的是不是贵根的孩子这并不重要，为了找一个更为合理的说法，大家一致认为，是月桂树上的菩萨显灵，送给了荞儿一个儿子。

六

　　唐老爹言语不多，人也正直，一脸严肃相，自然也就德高望重。湾子里夫妻拌嘴，婆媳相争，都得找唐老爹评个理。唐老爹是一把不偏不倚的尺子，让人服气，即使心里不服嘴里也得服，要不然会招致一湾子人的唾弃——唐老爹的话你都不听，那你还听谁的？唐老爹说的都不在理，那你还知不知道有天理？恰恰是对于忠兴大伯那些真真假假的事，唐老爹不置可否。从唐老爹不屑一顾的神情来看，忠兴大伯的那点儿雕虫小技，他心里明亮得很，要不是因为怕人说他唐老爹与忠兴大伯抢风头，唐老爹早就有话要说了。六指队长与唐老爹一起商议划龙船的事，并要请唐老爹出山，着实让他有些为难。唐老爹原本不太相信月桂树送子一说，但那些千里迢迢来求子的人未必都是傻子，如果是空穴来风，哪会传得那么神乎其神呢？以忠兴大伯的那点儿能耐，他不可能有送子的本事，但这并不妨碍月桂树上菩萨显灵。唐老爹认为，人们只要到月桂树下去求个神许个愿就行了。说穿了，忠兴大伯只是以此为幌子，赚那些远来的无知的人香火钱罢了。月桂树是整个杂姓湾人的树，为什么让他一个人独占呢？如此这般一想，唐老爹就觉得有必要答应六指队长的请求。

　　要弄就得弄出个模样。唐老爹之所以答应了六指队长的请求，是因为他也有自己的秘密武器。

　　唐老爹家里有一尊镀金的小菩萨，也不知是哪代祖宗传下来的，被唐老爹一直当宝贝一样供奉在神龛上。小巧玲珑的菩萨，

界桩

全身镀金，一副富态相：一双笑眯眯的眼睛，无忧无虑地望着人世间，似乎要把一切都望得美好起来；两只手悠闲地安放在膝盖上，只要挥动，人间一切不平事就会被轻轻抹去，只留下风调雨顺，五谷丰登。扫除一切牛鬼蛇神那会儿，唐老爹提心吊胆地收起了这尊菩萨。谁知这件事到底还是被一群红卫兵小将知道了，硬是逼着唐老爹交出"封资修"的东西。那天晚上，一群人浩浩荡荡闯进唐老爹家："交出牛鬼蛇神，不交就砸烂你的狗头！"红卫兵恶狠狠地呼着口号。管你年老年少，尊卑长幼，只要是"封资修"的东西都得跪在忠于毛主席的红卫兵脚下。开始唐老爹还真的被这种从未见过的架势吓住了，差一点就要将菩萨拱手托出。哪来的菩萨？哪来的菩萨？你们怎么能这样对待一个老人？唐老爹的家人急了，纷纷围拢来卫护着唐老爹。唐老爹这才有了些底气，死口不承认有什么菩萨。你是不见棺材不落泪，明天就来抄你的家。红卫兵临走时撂下了狠话。

唐老爹一夜无眠。红卫兵天不怕地不怕，说到做到的。他说要抄你的家，你就是天王老子，也阻挡不了。唐老爹的家和湾子里其他人的家一样，吃的用都在队里禾场里摊着，简简单单的几件日常用具，像癞子的头上的虱子——明摆着，要想藏个什么东西不被人发现还真不容易。唐老爹就是唐老爹，想出了个绝法子。他找来一块塑料布，将菩萨细心地包裹起来。一边包裹，一边禀告菩萨：菩萨啊，这样作贱您可不能怨我，我这也是没有办法的办法，这也是您的一劫啊！然后又腾出一个宽口酱菜坛子，将菩萨塞了进去，封去坛口，用绳子将坛口系了，沉到了屋后的小河里。这是作的什么孽啊？对菩萨的敬重，是祖宗八辈传下来的，即便有人不信神鬼，在菩萨面前也不敢造次。天不怕地不怕的红卫兵才不管你那一套，他们就是要将牛鬼蛇神踩在脚下，以展示大无畏的革命精神，唐老爹再怎么德高望重，也比不过和毛主席平起平坐的大臣，他们都得向红卫兵低头认罪呢。这样一想，唐老爹也释然了。管它用什么法子，只要让菩萨能躲过一劫就行。

第二天，红卫兵把唐老爹的家抄了个底朝天，最后也只能是无果而终。过了一段时间，唐老才将菩萨请了出来，镀金的菩萨在比地狱还要黑暗的河边淤泥中藏匿了许久，仍然跟没事一般，依旧一脸灿烂的笑。唐老爹将菩萨擦干净后，收藏好，再没示人。

世道变了，菩萨也该露面了。唐老爹的秘密武器就是要把这尊菩萨供出来，让求子的人来朝拜。和忠兴大伯相比，唐老爹神龛上的菩萨是忠兴大伯所没有的，唐老爹身上的菩萨也要比忠兴大伯威严得多。

唐老爹将菩萨供在神龛时，突然就觉得真的有菩萨附在了自己身上。三跪六拜之后，他定定地望着笑容可掬的神像，心里感觉宁静了许多。

七

六指队长编排妥当唐老爹的事后，就像排好了田里的活路，在一旁静观其变，等着看地里的庄稼噌噌地往上长，等待收获的日子到来。

六指队长每天早上都要到村子里转一圈，这已形成了习惯。他把两只手反剪在背后，低着头，慢慢地走，像是在思考什么问题，更像是在寻找昨夜丢失在小路上的金元宝。

湾子里的早晨，最初的一道风景线并不是日出。似亮非亮时，

界桩

一去二三里的公鸡叫声此起彼伏，逐渐沸腾成一锅烂粥。公鸡的声音停歇后，母鸡起床了。母鸡起床的声音显得琐碎，没有公鸡的干净利落，有些稀里糊涂。"吱呀"一声，谁家的门开了，随后"轰"的一声，鸡们争先恐后地涌出门外。各家各户的禾场上也就有了鸡们喜气洋洋的笑声。公鸡和母鸡泛性的爱情此时才真正开始。公鸡雄性地伸个懒腰，母鸡便脸色酡红半含情地一下一下点头，动作暧昧得让公鸡体会出与之有半世情缘。母鸡这么一点头，公鸡那么得意忘形地一叫，双方便慢慢靠拢，此时，公鸡会拎起一条腿，张开漂亮的翅膀，围绕母鸡开始醉心地转圈，转着转着，母鸡腿一软做出个下蹲动作，公鸡便驾轻就熟地踩到了母鸡背上。这并不是六指队长观察得仔细，而是湾子里的早晨的确没什么可供欣赏。

　　六指队长像一只贼眉鼠眼的公鸡，暗地里寻找着中意的母鸡。此刻他昂起头，竖着血红的鸡冠，步履诡秘地走到了荞儿门前。六指队长习惯性地放慢脚步，朝门前看了看，除了一群啄食的鸡，见不到半个人影。有一段时间，六指队长无论睡得多晚，他都会早早地起床在村子里转上一圈，不知情的人还以为他在为队里的事操心，其实他是要在早上见一见荞儿的面。早晨的太阳刚冒头，各家各户的鸡已经放出来了，刚刚起床的荞儿，将披散着的头发用一条毛巾松松地拢在一起，衣服还未穿得周正，胸前的一颗纽扣松开着。她端了个撮箕，倚在门框上细心地喂着鸡，一副倦慵的样子，像是沉迷在昨夜的欢娱之中，楚楚动人。每当六指队长路过时，荞儿会向他投来一种躲躲闪闪的眼神，眼神中略带一丝期待，又隐含着一丝幽怨。六指队长被荞儿这种眼神搅得魂不附体而心满意足，他就觉得荞儿这个尤物是杂姓湾最漂亮的女人。爱不够，看不够。自从忠兴大伯黏上荞儿后，六指队长就再也见不到荞儿的身影了。每天早上，无论是早起，还是晚来，他见到的总是一群鸡，见不到喂鸡的人。

界桩

六指队长不知道忠兴大伯究竟对荞儿灌了什么迷魂汤,以至于荞儿那么绝情地不再理会他。后来才知道,荞儿为了生个儿子,找忠兴大伯求子,忠兴大伯这个老不正经的偷走了他的荞儿。六指队长对忠兴大伯恨之入骨,但也只能忍气吞声。这种事又不能拿到桌面上来说,六指队长只好在暗地里使招。

划龙船的事只是一个由头,六指队长跟唐老爹合计好,由六指队长把那些来求子的陌生人引到唐老爹家里,事成之后,唐老爹拿出一部分钱来为村里打船,并且说明了,唐老爹拿多少,他一定要让忠兴大伯也拿多少。月桂树是杂姓湾的树,月桂树上的菩萨也就是杂姓湾的菩萨,这理到哪儿去说也是说得通的。

六指队长转到唐老爹门前时,唐老爹才起床。晚上忙于送子,睡得晚。唐老爹不用六指队长开口,大方地从口袋里掏出一把票子,两元、五元,还有些零角票,花花绿绿的一堆。"这是香火钱,我分文不取,拿去作打船用。"唐老爹说。六指队长不慌不忙地清点了一下,一共是58元5角。"这样,回头我要蔡家旺写个条给你。"六指队长说。"什么条不条的,能用在正经事上就行。""唐老爹就是唐老爹,言出必行,绝无半点私心。"六指队长数着花花绿绿的一堆票子,为唐老爹与他的默契暗自得意。"话不能这么说,一人为私,两人为公,一是一,二是二,你为村里做的事,得有个印记的。要不这钱我拿去自己用了也说不清楚。再说,这钱也不能让你一个人出,是吧?"六指队长把钱收好了,准备出门。唐老爹又补了一句,"还有些鸡蛋、红糖之类的东西,拿些去吧?"六指队长心里"咯噔"了一下,一想还是不拿为好。"留着你自己慢慢吃吧。"说完,他便离开了唐老爹的家。

八

六指队长把自家门前的那棵大槐树齐根放倒了。这棵大槐树虽然比不上湾子中间那棵月桂树,但也是一棵有些年头的大树。槐树枝杈上长出的枝杈都有碗口粗细。他放他自家的树,别人也无话可说,问题是槐树枝上挂着的那块生了锈的铁犁头,对村里的人来说特别重要。这片与泥土摩擦了无数时日的犁头,身子骨看起来显得瘦小了许多,六指队长把它用铁丝穿了挂在槐树上,就有了特殊用途。一年四季,犁头敞露在风雨中,满是斑斑锈迹,唯有中间那块地方,亮铮铮的,像一片锣的锣眼,那是被六指队长锲而不舍地敲出来的。每天早晨,只要听到槐树下发出"当当当"的声音,出工的人便会扛了农具朝田间走去。第二天的活路是先天晚上就安排好了的。蔡家旺既是会计又是记工员,蔡家旺翻开他那个记工本,将各人所做的活路以工分的形式记录在案后,六指队长就开始指派第二天的活,到了月底,把工分拢个堆,凭工分分粮、分草,凭工分吃饭。无论是人五工五,还是人六工四,要分粮食了,家里的人头占一半或者占六成,按上面的要求来,倒也公平。六指队长的权力就是可以指派你干点儿轻活或者重活,可以偷偷地私分点儿上面不让分的粮食或者棉花。这点权力就让六指队长在生产队里享有至高无上的地位。荞儿的丈夫贵根老实巴交的,有一身蛮力,以前挖塘泥、挑大粪的事都是他包揽了。自从六指队长跟荞儿有了一腿后,贵根也跟着讨了些好,至少把那些脏活累活从他

界桩

肩上卸下了许多。槐树上的犁头被摘除后，用什么来号令全村呢？蛇无头不走，鸟无翅不飞。三军无号令，那不是一盘散沙？众人的担心不无道理。其实六指队长心里明亮得很，他早已知晓，这个犁头他已经敲不了多少时日了。上回公社开会就透漏出消息，说是要分田到户了，并且说有的地方已经开始实施了。六指队长想，即便他还是队长，分田到户后，各家种各家的田，各家干各家的活，这个犁头也就该寿终正寝了。他要趁这个当口再行使一回队长的权利，为队里做件事，既有那么一点儿私心，但也是为全村人留个念想。

放倒大槐树，是六指队长整个计划中的一个细节。村子里要打造一条新龙船，并且要以唐老爹作挡箭牌迫使忠兴大伯"出血"，作为队长没有大公无私的举动，哪能以理服人呢？

手中有粮，心里不慌。六指队长拿到唐老爹那堆花花绿绿的票子之后，看人的眼色都高傲了几分。他像唤小猪小狗似的把蔡家旺唤了出来，要他跟邻村的涂木匠打个招呼，隔日开始打船。

九

六指队长方方面面都想到了，并且想好了接招的一招一式，才步履悠闲地去找忠兴大伯。

这天中午，阳光灿烂。油菜花开了，开得黄澄澄的，每一朵花仿佛是小鸡仔屁股蛋子上的那团黄绒绒的毛。红花草籽、蓝花草籽开得艳艳的，就像新媳妇回娘家穿戴的红配绿的衣裤，打扮出一种暧昧的味道。满村子的杂草、树木，绿油油的叶子上滴得出水来。几只花蝴蝶在篱笆上自由自在地飞,把六指队长的心情飞得艳丽无比。其实他对新龙船的渴望,对划龙船的向往,远远赶不上对看到忠兴大伯一脸惊愕的期待。提到忠兴大伯,他就会想到荞儿,想到荞儿他就会更加痛恨忠兴大伯。他对忠兴大伯的痛恨是那种刻骨铭心的痛恨,但他并不把这种痛恨放在脸上,而是深深地埋在心底。贵根扬起扁担撑强盗的那个夜晚,有人说他当时就躲在暗处瞧着。更有甚者,说那件事就是他六指队长导演的,说他就是皮影戏后面那个掌管条子的人。对于这些议论,六指队长不置可否,更何况这些话也只是背着他说说而已。

六指队长把个外八字步迈得像两只轻盈的蝴蝶翅膀,扑闪扑闪就停在了忠兴大伯门口的茅厕旁。原本无屎无尿的他突然打了个尿惊,觉得要解个手才行。进到茅厕,内壁上影像模糊的八卦图只剩下两只黑白分明的眼睛,朝外张望着,六指队长每次见到这个图案就会萌发一种冲动,他从裆里掏出阳物,对准八卦图,一泡尿射过去,顺势画了个圈,他不相信这是什么神物,他觉得这就是忠兴大伯骗取荞儿信任的鬼把戏。一泡尿淋上去后,六指队长突然觉得图案变得清晰起来了,尤其是那两只一黑一白的眼睛,鼓鼓地望着他,恨不得射出光来。他狠狠地对着图案啐了一口,还是有些胆怯地退出了茅厕。

忠兴大伯正躺在堂屋正中的椅子上养神,泥壁上的一只蜜蜂在嗡嗡嗡地飞,这些小蜜蜂在泥壁上钻了许多洞,多得密密麻麻,连它们自己都找不准哪个洞是属于自己的。忠兴大伯看着看着,睡意袭来,正要眯缝下眼睛,就见六指队长一步跨进了屋,跨得忠兴大伯毫无准备,睡意全无。

"今年要划龙船了,邻村都动起来了呢。"落座后,六指队长说。

"哦,我年纪大了,举不起桡子了呢。"忠兴大伯说。

界桩

"原先那条船早已破损,撽头也散架了,几片桡子像枯叶一样也不知卷到哪里去了。"六指队长并不接忠兴大伯的话。一只蝴蝶从门前飞过,可它并不飞走,只是定定地悬在空中,似乎半空中横放着一根飘逸的花枝。

忠兴大伯朝门口望了望。"那个龙头呢?我记得龙头还是用一块上好的木料雕刻的呢。那真是活灵活现的好龙头啊。"忠兴大伯自言自语着,他也不接六指队长的碴。

忠兴大伯此刻心里是五味杂陈,又不好发作。他明知六指队长记恨于他,时刻小心提防,但还是免不了时不时会中招。你六指队长要是能给荞儿生出个儿子,还用得着我担惊受怕、劳神费力吗?让贵根操着扁担追的那个夜晚,除了你六指队长使坏,哪有那么巧的事呢?贵根怎么可能就准确无误地知道家里闯进了贼?你让我丢人现眼,差点儿闹出人命,也算是报了一箭之仇吧,何苦又弄出个唐老爹来抢我的饭碗呢?

"队里要新打一条船,我放了槐树,唐老爹拿出了些钱。"六指队长心平气和地说。听到这话,忠兴大伯从椅子上坐了起来,想开口说什么,没说,又躺了下去,两片嘴唇微微颤动了几下。

"唐老爹的意思,也是我们大家的意思,你是不是也意思意思下呢?"六指队长一边说着话,一边看着地上的一只蚂蚁将体积几倍于自身的猎物,吃力地背着行走。他没把话说得十分明白。

"好。他唐老爹出多少,我出多少,行了吧?躲是躲不过了的,好在只是出几个钱,蚀财免灾。"忠兴大伯的嗓门提高了许多。

沉默。两个人有一会儿没话。

临走时,六指队长说:"生不带来,死不带去,都是为乡里乡亲有个热闹的意思。"

"我也是这个意思。"忠兴大伯起身送客。

十

摸黑进村的外地人，还在陆陆续续地一拨一拨地来。

杂姓湾已没有了先前的躁动，似乎又恢复到往日的平静。杂姓湾就是一团死水，任你丢下什么重物，激起多大的涟漪，只要给它一定的时间，它都会将一切消弭于无形。杂姓湾这种处变不惊的架势，让那些外地人又多出了几分崇敬。他们心平气和地到唐老爹家里坐坐或者到忠兴大伯家里坐坐，然后去看看月桂树，或者到荞儿家门前晃悠晃悠，静静地、心照不宣地、顺理成章地来，然后心满意足地走。只是到唐老爹家里去的人明显多于到忠兴大伯家里去的了。

对于最近发生的事，荞儿开始还显得有些慌乱，继而也就懵懵懂懂，一脸平静。这并不是她有处变不惊的风范，而是发生自己身上的事已让她有些麻木。荞儿总是以为，凡是不好的事，随着日子的拉长，都会像风一样飘过的，时间长了，留下来的总是些可人的事。荞儿想好了，要在端午节之前为儿子搞个抓周仪式，也算是讨个吉利。

这天早晨，开始下雨，是那种雾雨，颗粒不大，雨线的密度大，整个村子笼罩在蒙蒙细雨之中，远处田间的水面上像蒙上了一层蒸气，湾子中间的那棵月桂树似真似幻地漂浮着，没有了根基。近处的小路上、树林间，缠绕着一圈白雾，像是哪家灶膛里的湿柴沤出的白烟。

一大早隔壁三家帮忙的都来了。除了娘家的亲戚，就是湾

界桩

子里的一些人,客不多,但礼数是要到堂的。按常规,六指队长理所当然地做了知宾先生。杂姓湾就那么几户人家,一家做事,全湾子的人都来帮忙。无论平日这家和那家是否有口舌,都得放下龃龉去凑凑热闹,面子上还是要过得去的。因此,大多数情况下,帮忙的也是做客的,做客的也是帮忙的。唐老爹、忠兴大伯、一行人等自然都得到场。

抓周是一种古老的风俗,无论男孩女孩,到了周岁这天,家里便会把亲朋好友请来,大家围在一起,在桌上摆上一些物品,把小孩放在桌上,让他任意去抓。先抓什么,后抓什么,喜欢什么或者不喜欢什么,据说可以预测这个孩子将来的爱好和志向。这也是亲朋好友们以示庆贺的一种方式,抓周仪式过后人们也就忘了,小孩长大成人,那是几十年以后的事,谁能说得清。若干年后,某人发迹了,人们偶尔会提及他抓周时候的表现,那也只是说说而已,当不得真。六指队长大呼小叫地要人搬来了八仙桌,不知从哪里找出了几样抓周用的物品———个戥子,一个砚台,还有一盒胭脂。尤其是那个已陈旧得失去了戥星的戥子,只有在药铺或金银首饰店里才能见到,年轻人根本不知为何物。烧完香,敬过神,屋外的鞭炮就炸响了。六指队长郑重其事地叫喊着,要荞儿把儿子放在铺了红布的八仙桌上,众人围在一起,像看猴把戏似的看不知所措的小孩表演。

这时屋子里突然挤进一群陌生人,谁也不知道这些人是从哪里钻出来的。他们浑身湿漉漉的,腿上沾满了泥水,看样子是赶了很远的路。这些人风一样卷进来后,便不顾一切地挤到桌前,有的还伸出手,做出要摸一摸小孩的头的架势。正在聚精会神地玩弄桌上物品的孩子似乎受到了惊吓,"哇"的一声大哭起来,一泡尿就尿在了桌上。正当大家面面相觑,交头接耳之际,荞儿一个箭步冲过来,抱起孩子闪进了房内,好像怕人抢走了一般。好端端的抓周仪式也只好草草收场。

杂姓湾的席面，排座次很有讲究。"爷亲有叔，娘亲有舅"，荞儿娘家来的是孩子的舅舅，这个上席无疑是舅舅坐，只需找个辈分相当的陪坐就行了。上席排定了，其他人按长幼尊卑依次落座就可开席。两桌客，座次的安排并不复杂。唐老爹和忠兴大伯都是村里有名望的人，在主桌上陪舅舅就行了。

人没到齐，湾子里的狗一个不落地全到了，它们在桌子下面穿梭似的来回跑动，似乎闻到了骨头的味道。有两只狗被人踢得"汪汪汪"地叫着跑出门，然后装出一副可怜相，在门口呜咽一阵之后，又挨挨擦擦地溜进了屋。刚开始，大家还斯斯文文地劝着酒，小声说着话，酒过三巡，话就逐渐多了起来。酒半酣时，六指队长跑过来敬酒，好听的话净往感情深处说，三下五除二，把一桌人都灌得有些晕乎起来，相互之间少了平时的设防，说话的声音也就大了许多。六指队长异常兴奋，拉着忠兴大伯喝，拉着唐老爹喝，拉着忠兴大伯和唐老爹一起喝，一个劲地敬酒，敬得虔诚至极。忠兴大伯本来酒量小，却不好推辞，在六指队长的怂恿下，几杯酒喝下了肚。他的戒备心理在酒精的稀释下逐步土崩瓦解，人也满面红光、高声大气了。六指队长趁着酒兴，摇摇晃晃地来到忠兴大伯身边，说："你是我们杂姓湾的贵人，也是荞儿的贵客，来，再敬你一杯。"忠兴大伯已经分不清六指队长是否话中有话了，一仰脖子，又干了一杯。"哪里哪里，托、托大家的福，菩萨保佑呢。"忠兴大伯显然已有些口齿不清。六指队长朝桌底下抢食的狗没轻没重地踢了一脚，只顾啃着骨头的大黄狗，在毫无防备的情况下被六指队长一脚踢得莫名其妙，在地上滚了几个滚，号叫着跑向了一边。六指队长索性挤到忠兴大伯旁边坐下，"推心置腹"地说着话。不知六指队长在忠兴大伯耳边说了些什么，只见忠兴大伯晃晃悠悠地站起身，来到唐老爹面前敬酒。此时唐老爹的酒已经喝完，一个要敬，一个不喝，推推搡搡中，唐老爹一起身，把本来就摇摇晃晃着的忠兴大伯掀得一

第二篇 魅影

界桩

屁股摔在了地上，引得大家一阵哄笑。忠兴大伯正要借势发火，六指队长快脚快手地将他扶了起来，送出了门。

忠兴大伯回到家里虽然没醉得不省人事，也成了一堆烂泥。酒醉心明，他的印象中，唐老爹太不给他面子，无情地拒绝了他，并且还对他怪怪地笑。尤其是六指队长最后附在他耳边所说的那句话，让他如刺在喉。六指队长说，是唐老爹传出的话，说荞儿的儿子与忠兴大伯有些相像。

十一

一个湾子里出现了两个送子的菩萨，这件事本身就有些蹊跷。一山不能容二虎，二虎相争已经是箭在弦上的事了。这天晚上，杂姓湾上演了一台菩萨打架的好戏。

最先知晓这件事的是六指队长。事隔多年，人们私底下还在议论，这应该是六指队长亲自导演的一出令人瞠目结舌的武打戏。

杂姓湾的人看过各种打架，唯独没见过菩萨打架。夫妻间吵嘴打架，多是做个样子，也有从屋里打到屋外、掀桌子摔碗、打得头破血流的，但床头打架床尾和，再怎么打也打不过日子，日子还得磕磕碰碰地过。隔壁三家吵嘴打架，都是为些鸡毛蒜皮的事，这家的猪拱了那家的菜园子，那家的牛踩坏了这家的篱笆，间或有因为偷鸡摸狗的事发生争斗，闹过打过也就过去了。集体群殴的事也不是没有发生过。江汉平原上，水的问题是一个难以言说的话题，干旱少雨时，争一口水，就是争一丝活命的机会，那就得以命相搏。遇上涝灾，就得往外排水，少一分水就会多救活一片庄稼，那也得以死相争。杂姓湾的人曾经与邻村的人打过一大架。他们是为了争一条水渠的水，一边要放，一边要堵，结果全村人出动，钎担、铁锹、榔头、棒槌，能作武器的东西都拿上了，甚至还动用了冬天到湖面上打野鸭的火铳。

夜半时分，杂姓湾的人差不多都已进入了梦乡，一场菩萨打架的事正悄悄进行。

月光不是很好，大队禾场上陆续出现了三个人影。一个是忠兴大伯，一个唐老爹，还一个自然是六指队长了。六指队长既是见证人，又是裁判。这件事虽说是由他唆使的，但事件发展到这个结果也是他始料未及的。

荞儿请客的那天，唐老爹让忠兴大伯丢尽了脸，忠兴大伯也觉察到是六指队长在从中作祟，但他心想，你唐老爹也不该一点儿情面也不讲。拿送子的事来说，本来那群外地人是冲着我忠兴大伯来的，你唐老爹出来横一杠子，那不是明摆着和自己作对吗。即使是六指队长再怎么唆使，你自己也是可以左右的。接下来的事，更让人气愤不已，划龙舟也好，打龙船也好，处处都可以看到唐老爹挤兑自己的招数。尤其是你唐老爹不该把一件已过去了的事又重新提起，荞儿的孩子像谁，本身就是个敏感的话题，有些事是不可明说的。忠兴大伯越想越生气，就把对六指队长的怨恨一起迁怒于唐老爹了。

忠兴大伯也不管会不会上六指队长的当，从家扛了条长凳，拿了香炉，捏了三炷香，怒气冲冲地直奔禾场，只等唐老爹到来。

唐老爹年长几岁，对这件事本来还疑疑惑惑，但在六指队长的挑拨下，也显得怒气冲冲。人活一张脸，树活一张皮，既然是他忠兴大伯要斗法，岂有退却之理。再说，如果不去赴约，说出去也是很没面子的事。既然是菩萨打架斗法，那肯定不能如同常人打架斗殴一般。于是唐老爹听从了六指队长的话，搬了条长凳，慢慢悠悠地也来到了禾场上。

两条长凳在禾场上面对面地摆好，长凳上分别摆上了香炉，

第二篇 魅影

界桩

插上了香，斗法就这样开始了。菩萨如何斗法，对于在场的三个人来说，都是匪夷所思的事，也不知道该怎么个"斗"。香炉里的香在微风中烧得旺旺的，三个人都沉默着，谁也不说话。难怪后来有人说，这天晚上，队长家里的禾场上闹鬼了，两团鬼火飘飘忽忽，迟迟不肯离去。夜深人静，香已烧到半截了，水塘边的青蛙依然鼓噪着，没有停歇的意思，似乎也在等着看一场好戏，草丛的小虫，开始是屏声静气等了一会儿，此时也骂骂咧咧地叫开了，大概因为所期待的事并没发生，觉得无聊至极。六指队长觉得这样玩下去太没意思，他自己也开始呵欠把口了。

事件的爆发不知是来源于一声细小的咳嗽，还是来源于一阵风的打扰，来得异常突然，没有任何先兆，说开始就开始了。六指队长刚转了个身，就听得"砰"的一声，像是一团泥巴从远处甩到人身上，接着就发现忠兴大伯与唐老爹你一拳过去我一拳过来，一个回合一个回地打开了。

砰！菩萨，记着，他打了我一拳。唐老爹的声音。

砰！菩萨，记着，他打了我一拳。忠兴大伯的声音。

砰！又是一拳。砰！又是一拳。忠兴大伯和唐老爹在禾场上你一拳我一拳的，一人一拳来，不多打也不少打，打得从从容容，打得有板有眼。

这个架势让在一旁的六指队长看傻了眼。他原本是想如果俩人打起来之后，打得难舍难分了，他会在一旁劝个架，做个调停也就罢了，殊不知菩萨打架真的与凡人不一般，他们并没扭缠在一起，不扯头发，不抓裤裆，一拳一拳的，打得斯斯文文，打得结结实实，打得公平公正。两条长凳之间有两米的空隙，该谁出拳了，谁得从长凳后面先出场，站在长凳之间，等对方站稳后，然后出拳，打完后退到长凳后面，跟菩萨做一次禀报。两个人着了魔似的重复做相同的动作，毫无表情，毫无拖泥带水的举动。六指队长站在一旁，一会儿看这边，一会儿看那边。这哪里是在

第二篇

魅影

界桩

打架呢，分明是一场小孩子玩过家家的游戏。这是他闻所未闻、见所未见的最奇特的打架。看着看着，越看便越觉得不对劲，越看就越觉得有些毛骨悚然。这完全不是人在打斗，这已经是菩萨与菩萨之间的打斗了。不管你信不信，六指队长当时的确是吓坏了。他猛然感到有一股无形的煞气向他袭来，让他手脚冰凉，呼吸受阻。菩萨一动怒，他这个好事者肯定无处可逃。倘若让他们这样打下去，还不知会产生什么样的后果。情急之下，六指队长以冒死之心站在了两条长凳之间，甩开拳头自己狠狠地捶了自己几下："菩萨息怒，菩萨息怒，天时已晚，'卒子'（有菩萨附在身上的人）扛不住了，要打就打我几拳吧。"说这话时，六指队长真有些胆战心惊，他受得了忠兴大伯或者唐老爹他们两人任何一个人的拳头，但他不敢说就受得了菩萨的一记重拳。

菩萨打架虽然是在黑夜里进行的，但也传出了一些让人目瞪口呆的细节。唐老爹年纪比忠兴大伯大，身材也比不了忠兴大伯魁梧，何以受得住忠兴大伯的二九一十八拳？还有人透露说，唐老爹那晚穿了件不合时令的厚棉袄，因此并不吃亏。但即便是一包棉花，一拳下去也得打出个窝，不是菩萨附身，少说也得打断几根肋骨。

对于这天晚上所发生的事，六指队长也是三缄其口。许多年过去之后，每每提及，总是顾左右而言他，六指队长是自己把自己吓了一回。

十二

菩萨打架的事并没影响那些趁黑摸进杂姓湾的外地人。一传十,十传百,送子的事被传得有鼻子有眼,神乎其神。杂姓湾人发现,这些外地人对于选择忠兴大伯家还是唐老爹并不很在意,从他们坚定得有些偏执的眼神中可以看出,他们关心的是下一个是否轮到了自己。过了这个村,未必还有那个店,尤其是"一胎刮,二胎扎,三胎四胎永不发"的传闻,让这些来求子的人心急如焚,根本就顾不上去分辨谁真谁假,谁优谁劣。万事得靠心诚,不是说心诚则灵吗。

六指队长再也不敢把心思花在唐老爹和忠兴大伯身上了,他每天跟几个打船的师傅缠在一起,不敢怠慢。菩萨打架的事让天不怕地不怕的六指队长也有些发怵,憋在心里的事又不便跟人明说。端午节说到就到,六指队长这些天只能关心龙头龙尾的事。

这天早上,天似乎比平日要亮得早。荞儿一开门,就见一轮子圆圆的大太阳鲜红鲜红地贴在了门口,霞光满天,朝露满地。荞儿赶紧把准备好的一束艾蒿挂在了门前,过节的气氛就弥散开来。一大把艾蒿捂了一晚上之后,现在满屋子都是一股清香味道。雄黄酒、鸡蛋、粽子,是端午节的必备品,荞儿安排好这些之后,才把儿子拉了起来。荞儿拿了条毛巾,拉着半睡半醒的儿子走到篱笆边,用毛巾在青草处一抹,晶莹剔透的露珠就沾满了毛巾。荞儿用毛巾在儿子脸上抹了两把,然后自己也擦了擦,才高高兴兴地吃早饭。

五月五,是端阳,河里龙船闹长江。一条龙船,祖祖辈辈

第二篇 魅影

界桩

一直奋力朝前划,就像追赶着总是给人以希望的日子,大家乐此不疲。前几年因为除四旧,好多年没见到龙船的影子。今年龙船再次出现,一下子复活了所有人的记忆,不仅是杂姓湾的人为此欣喜若狂,方圆几十里,都像过年一样热闹。也不知端午节没有龙船的日子,那些龙船都躲在了哪里,一说划起来,一条条潜伏了许久的龙船,从湖港深处,"呼"的一下便昂首挺胸地游了出来,游得生龙活虎,游得光鲜亮丽。杂姓湾的新龙船下水了,六指队长是当仁不让的头风桡子,村里年轻力壮的小伙子们终于有了一次显示武力的机会。敬了神,烧了香,杂姓湾的龙船游动了,朝着比赛的地点游去。

通往四湖河的路上,除了打鱼的船家,平常并没有多少人走。今天不知从哪里一下子冒出了挤挤匝匝的人。从四面八方的河里游来的锣鼓声,一下子将人们的激情摇得四处飞溅。人们自觉地加快了脚步,好占领有利地形,看个真真切切。

荞儿也没有刻意打扮,只是在头上顶了条花毛巾,就抱着儿子出了门。

今年的龙舟赛是由政府组织的,特地为优胜者设了"标"。划龙船最激动人心的事就是抢标,在龙舟比赛的终点,用一根长长的竹竿插在水里,竹竿的尖梢上挂着用红布扎成的绣球,谁最先抢到标,谁就是第一名,谁的龙舟上就会唱起"得胜回朝"的号子。还没到比赛的时间,有几条急不可耐的龙船早已划到了河里,引起人们一阵阵的躁动。荞儿来到河边时,河两岸已站满了人,一群年轻人爬到了伸向河心的树枝上,像一群群叽叽喳喳的雀鸟歇在上面,河堤上铺满了花花绿绿的衣裳,一层一层叠在一起,人头攒动,一眼望不到头。只听见河面上传过来的"咚咚咚""哐哐哐"的锣鼓声,看不清人脸,看不到龙船的模样。荞儿并不心急,抱着儿子在人少的地方转,因为划龙船走失孩子的事不是没有发生过,还有一次,因为大家都挤到河中间的桥上去看,结果

第二篇

魅影

界桩

桥被挤塌了，听说还淹死了人，荞儿也只是来凑个热闹，要一份好心情，谁抢到了标，谁划到了最后，与她关系不大。

没过一会儿，也许是比赛开始了，两岸的人群一会儿朝前移动，一会儿又朝后移动，尤其是那些孩子们，追着龙船的鼓点飞跑，跑得像激荡在河里的浪花。

在没生儿子之前，荞儿很少有这种赶热闹的兴趣，她只在队里的龙船出动时，见到过龙船划动的样子。两排桡子齐齐下水，随着鼓点的声音，一起一伏，姿势优雅，像一只展翅的大雁，悠闲自在地朝前飞动。划船手们一边唱着号子，一边划动手中的桡子，此时的龙船就是一条摇头摆尾的龙。荞儿也曾为六指队长单膝跪在龙船最前面的姿势而激动过，头风桡子不到比赛时是不下水的，平时只是在前头做个样子，别人的桡子在水里划，头风桡子在风中翻动，风中翻动的桡子就是龙船的魂，这时的龙舟已不是在水面上游走，而是在半空中穿行。也许这才能真正体现龙舟作为龙的本来面目，龙不但能在水里游动，更能在半空中腾云驾雾。荞儿在一种自责、愧疚而后又无可奈何的放纵中纠缠了许久，荞儿心里比谁都明白，跟六指队长的交往，哪有不透风的墙呢？即使贵根不知就里，旁人也会说七说八，纸是包不住火的，终有穿头的一天。为了给贵根家接香火，荞儿听从忠兴大伯的安排，再没有和六指队长往来，其后发生的事，虽然让她胆战心惊，好在没多长时间，她终于怀上了，这真是老天开眼。不管怎么说，儿子的出生堵住了流言蜚语的嘴巴。荞儿以为这下就可以安稳地过日子了，谁知那些外地人疯了似的涌向村子，并想尽办法窥视着她，窥视着她的儿子，叫人推不开，躲不掉。荞儿一早就抱了儿子来看龙船，也是想排解心中的惶惑。

河面上的鼓点已没有先前激烈了，比赛已经结束，人群开始松动，还有些依依不舍的不想离去。正在这时，好端端的晴空中突然飘来一大团厚厚的乌云，镇镇地压在了河面上，接着便是一声炸雷，在头顶炸响，豆大的雨点随之撒了下来，人群炸了窝似的四处乱窜。荞儿紧紧抱着儿子，随着人流涌动。慌乱中，荞儿突然发现前面一拨而陌生人直冲冲地朝她挤了过来，这些人的眼神和每天夜晚摸进湾子里的那群人一样，似乎早就看准了躲在人群中的她，只是在等着机会下手。她仿佛看到，这些人一个拿着尖叉、利刀，呼喊着朝她杀来，逼迫她放弃怀中的孩子。这一发现，让她焦急万分，无论如何也不能让他们抢走自己的孩子。她朝四周望去，看不到一个熟悉的面孔，只觉得手脚发软，如同一片落叶在激流中飘荡，她已无法主宰自己。就在这时，人群中又是一阵躁动，四处奔跑着的人群，像冲破围子的群鸭，扑扑地乱飞，有的飞向了河里，更多的是向堤岸上飞，荞儿就这样被人挤下了河。

等荞儿醒过来时，她已被人拖到了河岸上，她的双臂还一直紧紧地交叉在一起，但是被她紧紧地抱在怀里的儿子却不见了。她只觉得明晃晃的阳光照在身上，照得她忽冷忽热，她来不及细想究竟是怎么回事，就再也没有清醒过来。

十三

荞儿的儿子随着划动的龙船，不知划到了什么地方。这场热热闹闹的赛龙舟，酿成了一场大祸。杂姓湾因此多了个女疯子。

送子事件也就此草草地收场。没缓几年，一场轰轰烈烈的计划生育运动开始了，开始得家家过关，开始得无处躲藏。

忠兴大伯的那面墙上，又被刷了一层又一层的标语："基本国策，不可动摇。"最上层的一条标语骇然写着："一胎刮，二胎扎，三胎四胎永不发。"

一辈子做一个窑匠

鳖 壶

"再过几年，我得鼓一座窑，一座属于自己的窑。"

窑狗子有这个想法的时候还是一粒草籽，随了风在空中飘荡，落不到实处。窑狗子孤身一人，上无片瓦，下无立锥之地，连这个美好的想法都不知搁在哪儿。好在那时他还年轻，年轻得自己都不知道自己叫什么，年轻得浑身上下都是蛮气。窑狗子的这个想法像一枚桃核，深深地埋在地底下，好长时间都没有发芽的迹象。窑狗子说出这个想法时，他已经在杂姓湾落下脚，已经有了我这个能听他讲述的对象。

那时，杂姓湾还是个仅有十来户人家的小村子，杂姓湾周围是大大小小的湖泊和大大小小的垸子，水深的地方是湖泊，水浅的、在无水灾的年月可以种点儿庄稼的地方叫"垸子"，垸子连着垸子，湖泊连着湖泊，就这样一直连到八百里洞庭湖。杂姓湾被水包裹着，像一座孤岛，更像一叶浮萍，随时都可能被水淹没的一副可怜相。村子与外界相连的唯一交通工具是一条小船，出门就得驾船。驾一叶小舟，穿行在河湖港汊之间，迎来送往，娶亲嫁女，走一条水路，也可以走出很远。风里雨里，撒网捕鱼，种几亩薄地，船上船下的日子，虽然有些摇晃，

界桩

倒也不至于落入饥饿的深水而无法自救。窑狗子原本不是杂姓湾的人,他像一片雪花飘落在杂姓湾,已经是好多年前的事了。据说,那天夜晚,北风肆虐,大雪弥漫,他被风雪挟裹着,漫无目的地在空中打旋,醒来时才知道被吹落在这个叫作杂姓湾的地方。我总觉得这事本身有些蹊跷,隔山隔水,他究竟从哪里来?是因了什么缘由来到了这里?是为了躲避饥荒,还是仅仅因为一次深度醉酒而迷失了方向?一切皆有可能。我曾就这件事旁敲侧击地问过他,他却顾左右而言他。好在那时他洒脱得把家绑在自己小腿上,走到哪儿是哪儿,无牵无挂。

我的印象中,江汉平原上兴起鼓窑,与六指队长有关。突然有一天,六指队长说,要鼓一座窑,鼓一座杂姓湾的人只是听说并没见过的窑。美好的想法并不是一时心血来潮,六指队长这个想法也是由来已久,刚开始只是个懵懵懂懂的印象,就像捂在母鸡翅膀下的鸡蛋,还看不出鸡的形状,等到雏鸡破壳而出,摇摇摆摆地走出一路惊喜,才给人以恍然大悟的感觉。确切地说,六指队长的这个想法是在知道窑狗子是个烧窑的窑匠之后产生的。当时,村子里上上下下正忙着"插红旗""背语录""呼口号"的事,"狠斗私字一闪念,灵魂深处闹革命"的当口,你想要鼓窑,无疑是要"鼓"一顶走资派的高帽子戴在自己头上。因此鼓窑的事是万万不能说出的,否则不但窑狗子在村里待不下去,就连六指队长这顶小小的乌纱帽也难保住。

六指队长说,从今往后,用不了几年时间,要让全村人都住上砖瓦房。这个大胆的决定,让杂姓湾的男女老少只差要喊六指队长万岁了,这比当时他做出"瞒产私分"的决定还要让人热血沸腾。这段时间,六指队长和窑狗子打得火热,有事无事从村头走到村尾,从村后小河的走向到村外荒坡上的一蓬杂草,仔细地看,认真地说。察天色,观风向,指指点点,神神秘秘,似乎一件天大的事即将发生。这些天,窑狗子一连串的怪异举动,让我和我的跛子老娘也惊讶不已。他先是将那个总是藏藏掖掖着的装酒的"鳖壶",换了根新吊带,堂而皇之地挂在了腰间。在这个还不算冷的天气,闹着喊着找出了那件包裹得要上霉了的狗皮大衣,他将狗皮大衣小心翼翼地摊开,用毛巾蘸了水,一处一处,仔仔细细地擦了一遍又一遍,挂在通风处晾了起来。然后又不知从哪里找出了那把已经生锈的瓦刀,用干枯的稻草打磨得锃亮。他忙碌得像一位老农听到了春雨的声音,迫不及待地搬出他的耕耙耖磙准备春耕一样。

这应该是一个深秋的傍晚,天色微暗,村头的那棵大重阳树上,一群群鸟儿乌云一样悠悠荡荡地飘落在树冠上,落出一树归巢的热闹。窑狗子出门时转过头望了望身后的茅草棚,又抬头望了望天,他觉得今晚的天比任何时候都要高朗。晚上,六指队长特意为窑狗子安排了一桌酒席,并郑重其事地亲自上门来接,这让窑狗子很不适应。六指队长走在前面,窑狗子跟在后面,开始,步伐还走得有些忸怩,走着走着才逐渐走出些精神来。

田野里庄稼收完了,路旁的野草开始枯黄,几株狗尾巴草在不远处得意地摇晃。六指队长显然心情不错,回过头来对窑狗子说:"你还差我一餐酒呢。"窑狗子不好意思笑了笑:"好说,好说。""好说,好说,好说个屁。"六指队长哈哈地笑着说,笑声里一种居高临下的戏谑。"我请,我请,等鼓好了窑,立马就请。"窑狗子跟在六指队长身后,有那么点儿赔不是的意思。"要你请过屁,媳妇娶进房,媒人丢过墙,儿子都这么大了,一餐酒还没喝到口。你只要给我把这窑鼓好,把砖烧好就行。"六指队长乐呵呵地说。

几经推让,窑狗子被六指队长摁着坐了上席。"今天你是师傅,你不坐谁坐?不要像一盘狗肉,上不了正席。"六指队长的话对窑狗子来说,就是绝对权威。一桌人都附和着,这倒让窑狗子有些不好意思。能和村里的队长平起平坐,窑狗子也觉得自己成了村民眼里有头有脸的人物了。他又一次感觉到矮

第三篇 一辈子做一个窑匠

界桩

小的身材似乎高出了那么一截当时你们没看错我窑狗子是你们的眼光，现在我窑狗子终于有了回报的机会那是我的能耐嘛——窑狗子想到这些，心中陡然生出一些叫作自信的东西来，请没请六指队长喝酒的事就放下了。

先端上来的是一碗鸡子煨萝卜，用瓦罐煨的。杀一只鸡，然后在自留地里扯些经初霜打过的萝卜，放在瓦罐里煨，煨得烂熟了，再倒出一碗，香喷喷的。这是只有来贵客了才上的一碗菜。坐在身材魁梧的六指队长身边，窑狗子矮小的身材更显精瘦。最富有的是他脸上的笑，他就像一只风干鸡吊在屋檐下，晴天雨天，高兴快乐都是一副模样。窑狗子最上心的是这碗菜中的佐料——红辣椒酱，红红的，辣中略带丝丝甜味。这种辣椒酱的酿制其实非常简单，秋天的时候，在自留地里留出一小块长得壮实的青辣椒，让它慢慢长老，等到颜色由青变红后，连同辣椒的把子一起摘下来，洗净，晾干，再把辣椒把子去掉，放在盆里剁碎。在剁碎的红辣椒里多放些盐，再用腌菜坛装好，一坛红辣椒酱就做成了。无论炒什么菜，放上一瓢羹酱，又辣又咸，既当家，又下饭。这种辣椒酱，一直要吃到来年再做酱的时候。窑狗子对红辣椒酱情有独钟，是因为在很长时间里，能有一瓢羹辣椒酱下酒都是一种奢侈。

"来，我敬你一杯！"六指队长端起酒杯，朝向窑狗子。

窑狗子习惯性地拿出他的"鳖壶"仰脖子就灌了一大口。"窑狗子喝酒——不用杯"，这已成了大家熟知的歇后语，跟他喝酒是用不着劝的，你喝他也喝，你不喝他也会喝好。

"好在你窑狗子还是有良心的，没忘记我六指队长，也没忘记我们杂姓湾的人，今天就让你喝好。"六指队长一边说，一边站起身，抢过他的"鳖壶"，拿在手里摇了摇，又放在鼻子底下闻了闻，然后高声说道："你们都说窑狗子喝酒还有个歇后语，那就是不知道真假，今天这酒是真的，还有大半壶呢，大家都得

敬他,酒敬好了,窑才烧得好。"

一桌人就开始轮番敬酒。

用"鳖壶"喝酒,是窑狗子的独创。所谓"鳖壶",其实也就是部队上用的铝制行军水壶。这种东西当时的确是个稀罕物,我还真不知道窑狗子是从哪里觅得的这个宝贝,自从他来到杂姓湾,这个"鳖壶"就长年累月带在身上。之所以叫作"鳖壶",我固执地以为,是因为这东西挂在腰间,就像吊着的一只老鳖。我曾经捉到过一只鳖。那年秋天,塘里的水浅了,许多人都去塘里捞鱼,我也去,捞了半天,我还是两手空空,忽然脚下踩着了一个硬硬的东西,伸手下去摸了摸,圆圆的,四周薄薄的,软软的,是鳖,是鳖。情急之中,我顺手将这只老鳖拎出了水面。有人就喊,抓老鳖的脖子,否则它一口咬上了你,脖子往里一缩,你就是叫爹喊娘它都不会松口。我连忙用腰间的绳索将老鳖的脖子拴死了,系在腰间,一晃一晃地晃动了好长时间。窑狗子经常把"鳖壶"拴在腰间,极像我拴住的那只老鳖。"鳖壶"上绿色油漆早已剥落,露出一块块白色的铝的本色来。"鳖壶"灌满可以装两斤烧酒,恰好够他喝一天的。窑狗子的唯一嗜好,就是"鳖壶"里的那点儿东西。那年月,酒并不是想喝就能喝到的,为了不让别人难堪,也为了确保自己每餐能喝上几口,窑狗子每天出门,无论如何得把"鳖壶"里的酒灌满。窑狗子喝酒从不用杯子,而是拿着"鳖壶"嘴对嘴地往喉咙里倒。这种喝法的妙处只有窑狗子心知肚明。主人有酒拿出来招待时,大家都尽情地喝,喝多喝少也用着人劝,自己喝好就行。主人家没酒时,窑狗子就把"鳖壶"拿出来倒几口,别人也

界桩

不好意思喝他"鳖壶"的酒。即便是"鳖壶"里没有了酒,他也会拿出来象征性地来那么几下。各人的烦心事都装在各人的肚子里,别人是看不出来的,就像窑狗子"鳖壶",你根本不知道它里面是否还有酒,还有多少酒,也根本不知道里面是酒还是水,有个"鳖壶"做做样子就行。窑狗子的酒量,也像这"鳖壶"一样,似乎没"底",没人见到他喝醉过。窑狗子要是喝好了,一个显著的标志,就是开始"丢书袋",也就是卖弄学问,什么孔子、孟子、离娄、告子,他随口就来,也不管别人能否听明白,能明白多少,他自顾自地说。只要窑狗子开始"之乎者也"了,大家就知道他已经是喝得差不多了。

时间久了,窑狗子的"鳖壶"就成了他独特的标志。无论走到哪里,总是把它挂在腰间,像传说中侠客的短刀,这一挂就让人来精神。乏了,困了,拿起"鳖壶"朝嘴里倒上一口半口,那个爽啊,只有窑狗子才能领会得到。别人喝酒时总是龇牙咧嘴的一副难受相,他喝酒时,从牙缝里透漏出的都是快乐。他信奉的是:君子食无求饱,居无求安,求一口酒,足矣。

"敬涂师傅!为砖瓦房干一杯。"

"敬涂师傅!为新媳妇干一杯。"

"敬涂师傅!为生个胖儿子干一杯。"

这个涂师傅就是窑狗子,不是在这样的正规场合,人们倒真是把窑狗的真姓真名都忘了。窑狗子并不在乎这些,有他的"鳖壶"在,比有个真名真姓要强。

"你想媳妇想儿子想疯了吧,这跟涂师傅有什么关系?"

"关系大着呢,这窑就像你媳妇的肚子,没有窑,你个憨头能生出个儿子?"

"哈哈哈哈……"粗犷的笑骂声掺和着酒气,不知不觉把酒兴推向了高潮。

几杯酒下肚后,窑狗子就越来越觉得自己成了涂师傅。那年月，准确地说还是"割资本主义尾巴"的年月，这个叫作杂姓湾的村子几乎还没有砖瓦房，人们把肚子搞饱都是难事，哪还顾得上起房建屋。东倒西歪的茅草房，靠几根麻秆撑着，随时都有倒塌的危险，让人感到极不稳实。反正大家也不会想得更多，茅屋里能钻进去人就行，有块不湿的地方安放身体就行。老一辈人就是这么过来的，下辈人也跟着过。窑狗子的手艺是在烧窑兴起之后才被人看重的。他不但窑鼓得好，砖瓦也烧得好。别人鼓的窑烧出的砖瓦时不时都会有一两窑红的或者杂色的，只要是他鼓的窑，只要他亲自烧，烧出的都是清一色的青梗梗的砖瓦。这门手艺究竟是跟谁学的，连窑狗子也忘了，反正从小到大都在跟泥巴打交道，跟窑打交道，算是无师自通吧。"子贡曰：'贫而无谄，富而无骄，何如？'子曰：'可也。未若贫而乐，富而好礼者也。'"窑狗子一边喝着酒，一边开始"之乎者也"了。他随口说出的话，自己都未必明白，旁人就更不知其所以然了。

这天的酒他一准是喝好了。晃晃悠悠地回到家里后，他仍觉得余兴未尽，拉着我陪他再续两口。酒的妙处在于提神鼓劲，平时不想说、不敢说的话，酒一喝就说出来了，平时安放在心底的远大志向，羞于向人透漏，酒一喝也就豪气冲天了。我一边看着他喝，偶尔自己也呷一口，喝得他看着我越看越高兴，我看他越看越觉得不认识这个人了。他喝得兴起，不是碰翻了碗就是弄掉了筷子。"'子曰：不患人之不己知，患不知人也'，知道吗？"我只知道他喝得差不多了。末了，他的声音像蚊子一样附在我耳边，说出了这个他蓄谋已久的想法："再过几年，我要鼓一座属于我自己的窑。"

许多事都是在发生过或者消失之后，才显示出其意义。时至今日，每当触摸到他那个想法，我就感觉有一只温柔的蚊子又飞到了耳边，撩拨得耳根痒痒的。其实，我对这个用"鳖壶"喝酒的男人总是有点儿陌生，好像在我出生前他就成了现在这

第三篇 一辈子做一个窑匠

界桩

个样子，他瘦小而干枯得有些猥琐的形象，让我想象不出他也曾有过年轻，有过顽皮与潇洒，我只是对他身上的酒气还有那件狗皮大衣保持着热切的期待。那段时间，也许是他一生中最辉煌的时间，我很难见到他的身影。他只是一个影子——一个瘦小而有力的影子，一股酒气——一股掺和着泥土和烟熏味的酒气，被一件狗皮大衣包裹着，偶尔影子一样飘荡在家里。我当时还没有形成想法，没想到去认识这个男人，等到我有想法时，他已经不在了。关于在我之前的他，我无法知晓，而旁人对这些也只是胡乱猜疑。这是个不能就此终止的问题，我如果不去认识他的全部，我也就很难认识现在这个自己。

狗皮大衣

一个人身上一定是依附着某些叫作"属命"的东西，他生命的轨迹似乎在此之前就已经画出了一条虚虚实实的线。窑狗子的属命，就是他一辈子也无法逃脱与窑的关联。好多年以后，我已远离了鼓窑、烧窑的这些事，但那座鼓在我心底的窑，依然旺旺地烧着，我时不时想通过窑孔，看看里面燃烧的程度，那已经不是一块块砖瓦，那是我童年的记忆。回想起来，杂姓湾的那座窑，以及杂姓湾周围一时间鼓起的一座座窑，我还是觉得它们就像一座座碑，高高地耸立在平原之上，这座碑前睡着的是一个村庄。

窑狗子的这件狗皮大衣，宽宽大大的，裹两个人在里面也不见形。据说这件狗皮大衣是有些来历的，这应该是北方人穿的那种正宗的毛皮大衣，大衣的里子全是长长的毛，也不知是年月，准确地说还是"割资本主义尾巴"的年月，这个叫作杂姓湾的村子几乎还没有砖瓦房，人们把肚子搞饱都是难事，哪还顾得上起房建屋。东倒西歪的茅草房，靠几根麻秆撑着，随时都有倒塌的危险，让人感到极不稳实。反正大家也不会想得更多，茅屋里能钻进去人就行，有块不湿的地方安放身体就行。老一辈人就是这么过来的，下辈人也跟着过。窑狗子的手艺是在烧窑兴起之后才被人看重的。他不但窑鼓得好，砖瓦也烧得好。别人鼓的窑烧出的砖瓦时不时都会有一两窑红的或者杂色的，只要是他鼓的窑，只要他亲自烧，烧出的都是清一色的青梗梗的砖瓦。这门手艺究竟是跟谁学的，连窑狗子也忘了，反正从小到大都在跟泥巴打交道，跟窑打交道，算是无师自通吧。"子贡曰：'贫而无谄，富而无骄，何如？'子曰：'可也。未若贫而乐，富而好礼者也。'"窑狗子一边喝着酒，一边开始"之乎者也"了。他随口说出的话，自己都未必明白，旁人就更不知其所以然了。

这天的酒他一准是喝好了。晃晃悠悠地回到家里后，他仍觉得余兴未尽，拉着我陪他再续两口。酒的妙处在于提神鼓劲，平时不想说、不敢说的话，酒一喝就说出来了，平时安放在心底的远大志向，羞于向人透漏，酒一喝也就豪气冲天了。我一边看着他喝，偶尔自己也呡一口，喝得他看着我越看越高兴，我看他越看越觉得不认识这个人了。他喝得兴起，不是碰翻了碗就是弄掉了筷子。"'子曰：不患人之不己知，患不知人也'，知道吗？"我只知道他喝得差不多了。末了，他的声音像蚊子一样附在我耳边，说出了这个他蓄谋已久的想法："再过几年，我要鼓一座属于我自己的窑。"

许多事都是在发生过或者消失之后，才显示出其意义。时至今日，每当触摸到他那个想法，我就感觉有一只温柔的蚊子又飞到了耳边，撩拨得耳根痒痒的。其实，我对这个用"鳖壶"喝酒的男人总是有点儿陌生，好像在我出生前他就成了现在这

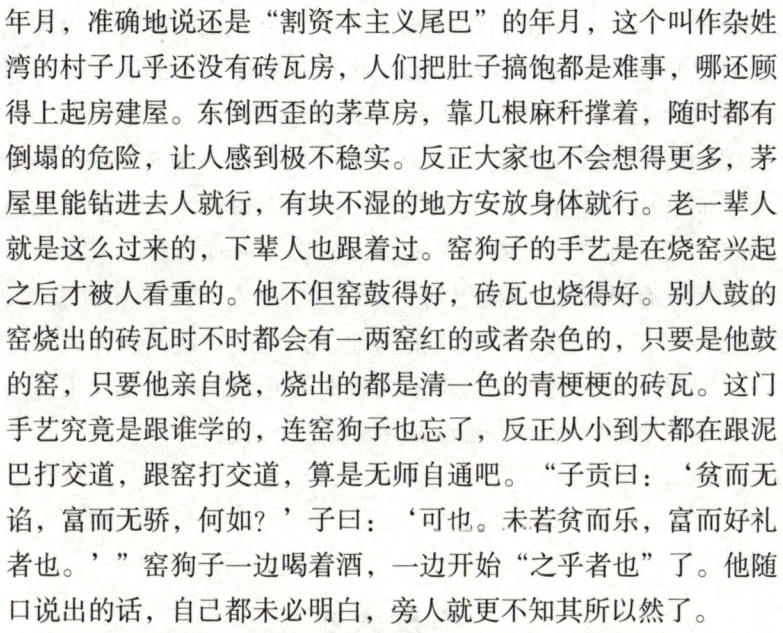

第三篇 一辈子做一个窑匠

界桩

个样子，他瘦小而干枯得有些猥琐的形象，让我想象不出他也曾有过年轻，有过顽皮与潇洒，我只是对他身上的酒气还有那件狗皮大衣保持着热切的期待。那段时间，也许是他一生中最辉煌的时间，我很难见到他的身影。他只是一个影子——一个瘦小而有力的影子，一股酒气——一股掺和着泥土和烟熏味的酒气，被一件狗皮大衣包裹着，偶尔影子一样飘荡在家里。我当时还没有形成想法，没想到去认识这个男人，等到我有想法时，他已经不在了。关于在我之前的他，我无法知晓，而旁人对这些也只是胡乱猜疑。这是个不能就此终止的问题，我如果不去认识他的全部，我也就很难认识现在这个自己。

狗皮大衣

　　一个人身上一定是依附着某些叫作"属命"的东西，他生命的轨迹似乎在此之前就已经画出了一条虚虚实实的线。窑狗子的属命，就是他一辈子也无法逃脱与窑的关联。好多年以后，我已远离了鼓窑、烧窑的这些事，但那座鼓在我心底的窑，依然旺旺地烧着，我时不时想通过窑孔，看看里面燃烧的程度，那已经不是一块块砖瓦，那是我童年的记忆。回想起来，杂姓湾的那座窑，以及杂姓湾周围一时间鼓起的一座座窑，我还是觉得它们就像一座座碑，高高地耸立在平原之上，这座碑前睡着的是一个村庄。
　　窑狗子的这件狗皮大衣，宽宽大大的，裹两个人在里面也不见形。据说这件狗皮大衣是有些来历的，这应该是北方人穿的那种正宗的毛皮大衣，大衣的里子全是长长的毛，也不知是狗毛还是羊毛。宽大肥厚的领子也是长长的金黄色的毛，显得很高贵。好像听窑狗子说起过，他是用三块大洋从一个战场上下来的老兵那里换来的。这话有些玄乎，我怎么也想象不出他还会和战场上的老兵扯上关系。说是大衣，其实他很少穿在身上，只有在下雪缴凌时，偶尔披一下，我曾经在狗皮大衣里面待过一回两回，我被他裹在大衣里面时，就像被罩在热气腾腾的火炉旁，毛茸茸、热乎乎的，即使在冰天雪地里走，也暖和得让人喘不过气来。说这件狗皮大衣是他的全部行囊更为贴切，要出门了，用一个破床单将狗皮大衣一裹，然后把不离身的两件宝贝——一个装酒的"鳖壶"，一把锃亮的瓦刀往里面一塞，就行了。他背着行囊出门时，更像经验丰富的旅行者，那热切的眼神，那义无反顾的步履，显示出他将周游列国的坚定。我之所以热切地盼望能见到他的狗皮大衣，是因为很长一段时间，我在狗皮大衣中都能找到我要的东西，有时是一块"洋冰糖"，有时是油炸的鱼块，有时是一个鸡大腿。他每次回来之后，把行囊一扔，望着我笑笑，就自顾自去忙他的了。我心里虽然急切，却故意迟迟不动，等到他转身走开了，才蹑手蹑脚地慢慢解开行囊，取出里面的东西。我的这种举动，有些像偷食的小猫。主人把食物放好就是给猫吃的，可那只小猫总是装着没看见，等到主人走远了，它才回到食物旁，一边吃还一边四下张望。

那是个寒冷的冬天，大雪覆盖了整个村子，小河里结了一层厚厚的冰。那天夜晚，窑狗子像雪花一样飘落在了杂姓湾。他裹着这件狗皮大衣，从天而降，在一个牛棚里，随便一歪就睡过去了。第一个见到窑狗子的是杨忠国老爹，杨忠国老爹见到他时，以为是捡到了一笔不义之财。杨忠国老爹这天早上醒得早，煨在被窝里不想起来。门外下着雪，用稻草堵塞着的窗户并不严实，凌厉的风带着声响，嗖嗖嗖地朝屋里灌。一道强烈的白光从窗户的缝隙中穿过来，正好照在他烦心的事上——

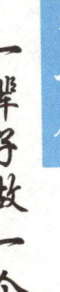

第三篇　一辈子做一个窑匠

界桩

女儿腊香被婆家送回来了，成天待在屋里嘤嘤地哭，哭得他一点办法也没有。腊香小的时候，长得不说国色天香，倒也有鼻子有眼的，很是惹人喜爱。五六岁时，有一次去放牛，骑在牛背上摔了下来，把腿摔断了。伤筋动骨一百天，哪能说好就好呢？再说杨忠国老爹也没钱带她去城里医治。谁知百天之后，腊香走路就一歪一歪的，左脚长右脚短，两条腿再也长不齐整了，成了个跛子，如花似玉的女孩就这样落下了残疾。好不容易说了个婆家，嫁过去没过两年，不但没生个一男半女，本身就有痨病的丈夫也一命呜呼了。婆家嫌麻烦，把腊香送回了娘家，并且说了，不管再嫁与否，都与婆家没关系了。杨忠国老爹的脸愁得像半熟的李子，青青的、酸酸的，让人不忍看。杨忠国老爹到牛棚里是去弄水给牛喝的。好大的雪啊，飞雪加缴凌，地上厚厚的雪已经快要把门堵死了。屋檐下长长的凌勾儿晶亮晶亮的，恨不得要垂到地面，风在凌勾儿的缝隙中乱窜，行走的声音，就像弹棉花的弓发出的"呜呜"的响声，直往人心里钻，冷到骨头缝里。杨忠国老爹烧了一锅温水，用桶提了就往牛棚里走。就在这时，他发现一坨黑乎乎的东西挨着牛睡在一起。他以为是一头冻得慌不择路的猪獾。这下好了，过年不用杀猪就有肉吃了，杨忠国老爹心中暗喜。他轻手轻脚地走过去，生怕惊动了猪獾。一看，不像，用木棍拨了拨，再看，才发现是个人，杨忠国老爹惊讶得大雪天冒出汗来。一件灰不溜秋的大衣，将一个瘦小身材的男人从头到脚严严实实地裹在里面，滴水成冰的天气，大牯牛都被冻得有气无力，他居然没被冻死。惊讶之余，杨忠国老爹大失所望。第二个见到窑狗子的是腊香，也就是后来成为我老娘的那个女人。她以为是发现了一个只有书中才有的小姐许身、公子落难的故事。腊香一大早心如枯井、身如薄冰地缩在床上哀叹自己的命不好，河里有水，坡上有绳，她正想着用哪种方式寻个短见死了了事，就听见杨忠国老爹在牛棚里扯着嗓子喊。是不是那头作为全家人唯一依靠的叉角牸牛被冻死了？等到她一步一拐地拐到牛棚一看，发现原来是个蓬头垢面的年轻人，裹着件狗皮大衣在那里瑟瑟发抖。她一看就觉得他不像是个乞丐，也不像是打家劫舍的强盗，倒像是为生活所迫流浪到此的落难者，心里竟生出一种同病相怜的暖意。第三个见到窑狗子的是六指队长。六指队长事后说，窑狗子是我从灰坑里扒出的一颗金蛋。杨忠国老爹风急火燎地将六指队长找到时，早已惊动了一湾子人。六指队长仔细看了看窑狗子的狗皮大衣，又看了看他脚下的一双毛皮靴子，这身打扮是杂姓湾人没见过的。"你是干什么的？怎么睡这里呢？"六指队长问。窑狗子只冻得咧着嘴傻笑，操着一腔外地口音，说不清楚话。最后连说带比画才让六指队长勉强明白个大概。窑狗子是个逃难之人，流落到了这里。那年月大人物从显赫的位置流放到偏僻农村的事是经常发生的，小人物因受牵连被赶到天涯海角的事也是常有的，许多不大不小的人物也掺和在里面像无头苍蝇一样到处窜，谁敢说其中一个两个经过磨难后不会发迹呢？六指队长发现了窑狗子会鼓窑、烧窑的手艺后，总是得意地说，好心必有好报，大雪天里从牛棚里救出的乞丐，还真是个宝贝呢。从这点上来说，杂姓湾人的确是善良的，他们根本不问他的出处，也无须判别他究竟是好人还是坏人，也没有要求窑狗子拿出可以证明他身份的可靠证据，凭着最纯朴的善良，就收留了他。是人都会有落难的时候，在别人落难的时候帮人一把，是整个杂姓湾的人都乐意做的事，也是六指队长乐意做的事。

窑狗子在牛棚现身后，就落户在了杂姓湾。最初引起六指队长注意的是窑狗子的一双巧手，村子里谁家要盖个猪圈，搭个牛棚，用黄泥糊个壁子，只要找到窑狗子，用不了多长时间，他就会跟你整得漂漂亮亮的。手艺人靠手艺吃饭，这也是窑狗子得以在杂姓湾生存下来的原因之一。

窑狗子是个手艺人，本行是窑匠。在得知这一确切的消息

第三篇 一辈子做一个窑匠

界桩

后，六指队长就动了心思，想把他留在杂姓湾，管他是不是"地富反坏右"，只要会烧窑，日后必定会有用处。六指队长的高瞻远瞩，是令杂姓湾的男女老幼望尘莫及的。

第二年春上，六指队长一手策划的阴谋有了个漂亮的得逞机会。起初，六指队长对窑狗子说："留下来吧，我们这个湾子人少，心眼好，你就帮队里打打杂。"窑狗子摇摇头说："我不会做农活。"后来六指队长又对窑狗子说："你就不走了吧？我跟你做媒，娶个媳妇，怎么样？"窑狗子被冻结的心思有了松动，脸上有了些笑意："我一个跑江湖的，谁要哇？"六指队长说："你只要答应就行。"窑狗子以为是句玩笑话，也没往心里去。等到六指队长做通了杨忠国老爹的工作，把跛子腊香推到他面前时，他已经是无话可说了。杨忠国老爹并不看好这桩婚姻，将女儿的终身托付给一个不知底细的流浪汉，本身就是冒险，但他又别无选择。杨忠国老爹提出的唯一条件有些绝情，他要六指队长帮他们小两口搭个茅草棚子搬出去住，今后无论发生什么事，再不与杨家相干。腊香只有一个条件：不管到哪里，只要带上我就行。六指队长的条件更简单，不管你走到哪儿，你只要把家安在杂姓湾就行。在窑狗子看来，这就是天上掉馅饼的事，不但白捡了个媳妇，还意外地有了个家，从那时起，小脸上的笑挂上去之后就没取下来。至于是不是寡妇，是不是跛子，那不是他窑狗子可以挑三拣四的。

这年的豌豆花开得特别旺盛，田头地角一片一片地开，紫蓝色的小花弯对弯地开着，像一对对深邃的小眼睛，不谙世事地望着整个春天，望着杂姓湾即将发生的一切。豌豆花开的日子里，杂姓湾的人齐心合力正儿八经地把这事给办了，还办得像模像样。窑狗子结婚成了杂姓湾所有人的喜事。在临时搭起的小茅草棚前面，大家七手八脚用几床破晒垫搭了个凉棚。凉棚门口，摆了隔壁家搬来的两扇门板，用大红纸写了几个字，贴在上面，一边是"行平等礼"，另一边是"结自由婚"。本来写的是十个字："行平等大礼，结自由新婚。"教私塾的老先生饱蘸浓墨，熟练地写完十个大字之后，捋着胡须，眯着眼睛瞧了瞧，觉得有些不妥。其实老先生写婚庆对联可以随手拈来，并且妙笔生花，比如说，"执子之手，与子偕老"。比如说，"花径不曾缘客扫，蓬门今始为君开"，诸如此类，或含蓄，或诙谐，尽展喜庆之意。只可惜英雄无用武之地，当时他能写的、敢写的也就这几个通用字，左思右想，干脆重新写了一副对联，一边减了个"大"，一边减了个"新"字，贴上去的时候就成了八个字。有人问为什么？老先生颇为得意，笑而不答，一副非学问高深者不解其意的样子。这几个用红纸写成的大字，成了整个婚礼最奢侈的一笔。摆了两桌酒席，吃过喝过之后就叫礼成了，连堂都没拜，不过也没有拜堂的地方。一个茅草棚，一个用泥土垒起来的灶，连床像样的铺盖都没有，这个婚就这么结了。那时，窑狗子对此并不觉得寒碜，一个吃百家饭的流浪汉，整个村子的人都来为自己办婚事，那还不是件值得高兴的事？用窑狗子的话说，这叫"君子随遇而安"。晚上有几个年轻小伙子听新婚夫妇的壁根，就听见说——"这床好硌人呢。""那就把大衣垫上吧？"后来，杂姓湾的人纷纷传说，窑狗子的狗皮大衣是件宝衣呢，穿着它在大雪夜里露天睡觉不冷，垫着它不会生孩子的腊香立马就生出了个儿子，这不是稀奇是什么呢？

据说，窑狗子结婚的前一天，不知从狗皮大衣的什么地方摸出两块银圆，交到了六指队长手上。窑狗子十分动情地说了一句话："队长啊，您就是我的再生父母，从此，我就是杂姓湾人的儿子！"这话让六指队长把感动深深地埋在了心底。仅从两块闪闪发光的银圆就可看出，窑狗子已铁了心，他把自己交给杂姓湾了。

面对房子，很少有人去探究砌成墙的一块块砖，正如每

第三篇 一辈子做一个窑匠

界桩

天吃着米饭，很少有人去琢磨稻谷的生长过程一样。其实那会儿整个村子几乎是清一色的茅草屋。壁子是用麻秆之类的东西用草缠裹了，一根根编好，再用黄泥土糊成的，屋顶是选用上好的稻草一把一把盖起来的，仅有的几栋像样的老房子，大多是用木板镶嵌和用竹片夹成的壁子，即便是七柱九檩的屋，也只不过是多了些木料雕花的窗子，很少用到砖。我不知道用砖砌墙造屋起于何时，但我亲眼看见了村子里用砖砌屋的兴起。这都和窑狗子有关。如果没有窑狗子鼓窑、烧窑，那砖就出不来。

后来的几年时间里，时局动荡，杂姓湾斗了几回走资派，大家对给谁带"高帽子"的事渐渐兴趣索然，也就相安无事了。窑狗子除了给队里做些打杂的活，偶尔也出村去转转。每次回村，六指队长都要迫不及待地拉着窑狗子聊聊闲话。窑狗子从不说他从外面赚了多少钱，他带回的是外面最新的传闻，六指队长从一些乱七八糟的传闻中敏锐地觉察到，世道要有新变化了。

这年春上，六指队长给窑狗子安排了一项特殊的活路——扳砖。

窑狗子和六指队长一起，在村子南面的一片荒坡上，选了块地方，神不知鬼不觉地行动起来。六指队长和窑狗子私下商定，六指队长负责每天供应窑狗子一"鳖壶"酒，每天给他记12分的工分，窑狗子负责把所要的砖扳出来。

扳砖是一项强体力活，六指队长指派好全村的活路后，就蹲在一旁看窑狗子扳砖。扳砖用的泥是十分讲究的，先要选黏性较好的黄土，将黄土一锹锹地挖出来，捣碎，再掺进适当的水搅和成不干不稀的泥。要把一堆有黏性的黄土和成泥，是件不容易的事。先是牵来壮实的大牯牛，用人拉着在泥堆上转圈，一边转一边浇水，牛在泥堆上深一脚浅一脚吃力地转着，转得差不多了，还得人用脚去踩，否则难以将泥和均匀。只有把泥和匀，和得像

面团一样软软的，这样扳出来的砖坯、做出的瓦坯才结实，烧出来的砖瓦才没有缝隙。黄泥的黏性好，一脚踩下去，不使出吃奶的力根本拔不出来，人高马大的六指队长试过几次，他原本自视还有些蛮力，结果没踩几下，就陷在黄泥里拔不出脚来。

窑狗子掀开用稻草盖着的软黄泥，双手插进泥堆里挖出一坨，高高举起，朝砖模子扳下去，"嘭"的一声，泥就铺满了整个模子。砖模是用非常结实的桑木做成的，有四块砖一个的大模子，也有两块砖一个的小模子。无论使大模子还是小模子，你得将一泥团用力扳下去，将模块填实，然后再拿用钢丝做成的弓在模子上一拉，将剩余的泥去掉，抱着扳好的砖模在事先平整好的空地上，将模子反过来朝地下一扑，四四方方的砖坯子就倒出来了。窑狗子身材矮小，人也是精瘦精瘦的，扳起砖来，一招一式，一趟一趟，行走如风。扳砖必须在天气晴好的日子里进行，扳出来的砖坯，摊在地上，要让太阳晒个半干才能码成堆，碰上阴天，几天干不了，再来一场雨，就前功尽弃了。从春到夏，窑狗子光着膀子，在胸前系一片围布，顶着太阳，专心致志地扳他的砖。只要一餐有几口劣质的烧酒，浑身就有使不完的劲。

第三篇 一辈子做一个窑匠

界桩

陶 片

若是站在村外的高坡上，捡个土块闭着眼朝村里扔，十下二十下也不可能砸着猫啊狗的，更不用说砸到人身上。可我扔出的一块陶片却准确无误地砸到了我自己头上。

六指队长大张旗鼓地开始准备鼓窑。也不知道窑狗子出的什么歪点子，六指队长逼着全村人找"陶片"。六指队长说了，这陶片跟鼓窑有关，跟各家各户能否住上砖砌瓦盖的房子有关，就是捅破缸也得完成任务，否则就扣你工分。六指队长的话就是圣旨，全村人都得听。窑狗子曾经跟我打了一个比方，说六指队长好比过去的族长，比族长还大，族长只管一族的事，六指队长管一村的事，一村就有好几个族呢。皇上的话可以不听，六指队长的话不能不听，有理无理，六指队长说了算。天高皇帝远，皇帝哪有空来跟你断是论非，六指队长握着村里的生杀大权，他说黑基本上就白不了。我觉得这个比喻很贴切，因此，我有时连窑狗子和我跛子老娘的话都不听，就听六指队长的。

我一直认为，窑狗子在我们家只能算是陪衬，无论大事小事他说了是不算数的。他在我和我跛子老娘面前总是一副唯唯诺诺的样子，只有受气和赔笑脸的份。他的一句话就让六指队长这么俯首帖耳是我没想到的。

一般来说，有了目标，再加上十二分的用心，就该有个过得去的结果。寻找陶片的这件事，对我来说却不是这样，我的全部努力换来的是意想不到的乱七八糟。早上起来，天阴沉沉的，像锅盖一样罩着,天空中时断时续地丢着雨点。六指队长那个大喇叭像老鸹一样哇哇哇地叫开了:"今天是最后期限,各家各户缴陶片啦!"

六指队长随身的三件宝物,其中一个是用洋铁皮做成的喇叭筒。喇叭筒用红的白的布筋搓成布带系着,挂在肩上,每天早晚,顺手拿起朝村里一喊,所有人就鱼贯而出,鱼贯而入。好像只要他六指队长愿意,他就是朝空旷的田野这么一喊,庄稼也得听他的,叫长高就长高,叫结籽就结籽。还有一个是用上好木料镶成的石灰盒印章。秋天,谷子上场了,六指队长拧着他的石灰印章在一个个谷堆上来来回回地盖,盖过的谷堆上清晰地印着"第三生产队印章"的石灰字样,这一行字就是一个封印,只有六指队长才能开启。还有一个宝物是一杆大秤。每当村里要分稻草、分口粮了,六指队长就叫人把大秤抬出来,将一捆捆稻草、一筐筐谷子过秤。人头加工分,按"人六工四"或者"人五工五"的比例公平合理地分到各家各户。过了秤,公家的东西才可以说成了每家的私有财产,再说,六指队长就是用手掂量掂量,也能知道全村人谁有几斤几两,更何况还有这么一杆秤呢?

这几天,我都在为寻找陶片的事烦心。一间茅草房,巴掌大点儿的地方,没什么东西可以藏得住,问题是一旦要找某件指定的物件还是挺费神。我在伙房里找,在放杂物的柴草棚里找,在神龛下找,该找的地方都找了,就是没找到所要的陶片。四壁漏风的茅草房,阳光不管从哪个方向照射,都会有几缕光线落在屋里。有光亮的地方找了,没有光亮的地方也找了,却找不着陶片的影子,平时到处可见的破损了的坛子、罐子一瞬间全部消失了。门前那棵桃树上,我清楚地记得是挂了个破茶壶的,等我再去看时,连茶壶把都不见了。家里除了一口装水的水缸,哪来的什么陶片啊!这不是要人砸锅卖铁吗?我愤愤地想,等

第三篇 一辈子做一个窑匠

界桩

窑狗子回来一定得问问他为什么出这么个歪主意，这不是有意整人吗？

正当我急得团团转的时候，我的跛子老娘在伙房里杀猪似的喊开了："死砍头的，缸里没水了，还不死去挑水。"我的跛子老娘一开口就是死去死来的，反正我还活着，也习惯她这种诅咒似的说话方式。我的跛子老娘除了一条腿不方便外，其他基本完好。正因为这条不方便的腿，她更有理由只干一些轻微的活，窑狗子总是处处护着她，宠着她，很容易就养成了她骄横的脾气，尤其是在有了我之后，她更是把窑狗子当成了我们家的长工，横挑鼻子竖挑眼，哪怕是一件不起眼的小事，也会惹得她暴跳如雷。好在她是个没心没肺的人，打过骂过了，接下来便是儿长女短的甜言蜜语，让你对她生不出气来。其实，各家都有一本难念的经，在杂姓湾，没有哪家不因为一点儿小事，闷在家里打得头破血流的，骂完打完之后，该出工的出工，该生孩子的生孩子，日子也就在这种暗地里的相互厮打中慢慢朝前走。我的跛子老娘对穿什么用什么从不讲究，但她对吃的东西情有独钟，也许是一直处于饥饿状态的原因，嫁给窑狗子后，她从饥不择食渐渐到挑剔食物了。她总是想得开，从不小鼻子小眼地去攒钱，只要手头活便，她会隔三岔五地炒几个鸡蛋，弄点肉汤什么的给窑狗子下酒，也为她自己解馋。后来我发现，她貌似大大咧咧的外表下也包掩藏一块不敢示人的伤疤，那就是她与原先的那个家的关系。每每看到别人走亲戚回娘家，她会主动上前与人搭话，脸上流露出羡慕的神情。多年来，虽说与娘家近在咫尺，自从搬出来和窑狗子住在茅草棚后，她就没有回过娘家。这种苦楚苦在心底，比黄连还要苦十分。她并不是个记恨的人，但她怕被人瞧不起，尤其是被娘家人瞧不起。杨忠国老爹当初之所以提出要她搬出去住，用意十分明显，就是要与她这个丧门星断绝一切往来。嫁出去的女人，就像扫地出门的一扫帚灰，泼出去的一瓢水，让她随风而散，不再跟娘家有半点瓜葛。既然如此，她也就不把热脸朝冷屁股上贴了，各人的福各人享，各人的罪各人受，亲生爹娘又怎么样呢？要说和娘家还有点儿联系的话，那就是将他们彻底遗忘。

窑狗子时常不在家，挑水砍柴都是我的事，穷人的孩子早当家嘛。本来心情不好，还不得不去干不高兴干的事，这就注定要出错。这时，天已下起了麻麻细雨，整个村子像一片湿漉漉的树叶，随意地丢弃在大地上，一条泥泞小路滑溜滑溜地像条蚯蚓，踩不到实处。我极不情愿地挑起两只小木桶，朝水塘边走去。那时，河里塘里还有水，河里的水是用来洗衣淘米的，吃水要到较远的水塘里去挑。置身于村庄之外的塘水，少了人畜的打搅，清亮、甘甜，闻得出水草的味道。我一边走一边关注着路旁，只要是一块黑乎乎的东西，都要用脚碾开仔细看看，说不准就是一块陶片呢。来到塘边，卷起裤管，也不管浑水清水，挽起两桶，挑着就走。看看就要到家了，才换了个肩，脚一滑，就失去了平衡，前面一桶水撒出了大半，后面一桶全泼在了身上，我也摔了个仰八叉。没办法，只得返身回到塘边，重新再来。一缸水，得四五担才能挑满，我恨不得趴在塘边吸了半口塘的水再吐进缸里才好。更要命的事出在最后一担水上，当我拿出吸奶的力气把最后一桶水倒进水缸时，水缸不知怎么就破了，"哗"的一声，水漫金山，一地都是水。我怔怔地站在那里，喃喃地道："这下好了，这下好了。"恐慌中似乎还有些幸灾乐祸，有些快感——看你还要不要我挑，这下好了吧。我曾经有过捅破锅的经历，所以这次捅破缸并不显得十分慌张。那天，我的跛子老娘赶我出去挑猪菜，也许是心情好，我硬是要挑满一篮猪菜才肯罢休，因此就回来晚了。她以为我又偷着躲出去玩耍了，以示惩罚，没给我留菜，锅里的饭也只剩下一层锅巴了。冤枉是可以冤死人的，我气不打一处来，拿起锅铲在锅里一阵

界桩

乱捅。我的跛子老娘自知有愧，在一旁哇哇地叫："死砍头的，别把锅捅破了，捅破了谁都吃不成。"这明明是火上浇油，让人一听更来气："吃不成就吃不成，我一个人该死的吧。"说着更加用力地捅了几下。不幸被我的跛子老娘言中，第二天锅真的破了，一边烧饭一边漏水，生米硬是没做成熟饭。这次捅破缸虽说不是故意，我却找不着一个可以搪塞的理由，躲是躲不过的，我连逃跑的架势都懒得做，任凭我的跛子老娘将她手中的烧火棍在我身上打成了两截，我居然不知疼痛。其实我只要一跑，她是无论如何也追不上我的。事后我才明白，缸破了，我要找的陶片就有了着落。

等我拧着一口破缸的陶片来到窑场时，窑场上早已挖好一个圆圆的洞，那是窑基，一座窑就要从这里鼓起。六指队长有些兴奋，叫人抬着那杆大秤，把一家一户的陶片称了，让全村人聚集到窑场上，做最后一道工序——捶陶片。窑狗子说了，在鼓窑的过程中，要把碎陶片塞到砌窑的土坯子中间去，说是为了使窑里的温度能尽快升高，又能保持温度，确保烧出来的都是青砖。

窑场旁，三人一群五人一伙，有的使榔头，有的使铁锤，有的用斧头，咬牙切齿地开始捶陶片。大家捶过谷子，捶过衣服，有时也捶过丈夫，捶过老婆，就是没捶过陶片，这让一村人在抱怨中略带一丝新鲜感，怨气归怨气，但也不得不捶。大家就甩开膀子捶。"你们以为这是糊弄工分的事？这是关系到我们起屋做房的事，关系到子孙后代的事。"六指队长的话就是在理，让人不得不服气。咚咚咚——嘭嘭嘭——叮咚咣啷，窑场上一下子热闹起来。铁锤与陶片相撞所发出的声音，千奇百怪，不堪入耳。响亮清脆的却带着尖锐，像铁钉划过玻璃，直往人心上划，厚实沉闷的却有破损震颤的力度，好像要在身体里面炸开。还有些被捶飞的陶片，"呼"的一声飞出去，像过年玩的爆竹，引信点燃了，甩向空中后，不知会在哪个地方炸响，让人担惊受怕。谁不想有间砖砌瓦盖的新房呢？想到要猫着腰才能钻进去的茅草房，大家的心情才平和了些，如果陶片捶过之后，立马就捶出了一间新屋，这当然是大家所乐意的事，问题是从捶陶片到看到一块块烧好的砖，再到一栋栋新屋，就像是在插秧的时候要看到成熟的谷子，路还远着呢。

捅破缸之后，窑狗子的一句话让我身上的伤痛减轻了许多："捅破一口缸算不了什么，到时候我赔你一个砖瓦屋。"这话也让我的跛子老娘消了不少气。

窑 狗 子

杂姓湾这个村子很小，小到一泡尿可以从村东头撒到村西头。要不是村子周围、房前屋后长出的一蓬蓬杨柳树，要不是早晚间从树梢上冒出的一缕缕炊烟，你根本难以发现这里还隐藏着一个村子，隐藏着十几户人家。村子里叫狗儿牛儿马儿名字的人司空见惯，那都是小名，长大成人后，就该叫大名。大名只有上学后，老师根据姓氏、辈分来取，虽然属于自己的只有一个字，但要获得这个字的前提是你必须上学，因此，无论再穷的人家，男孩子必须得"启蒙"，也就是学会写自己的名字，否则就会连个大名也没有。窑狗子肯定读过书，并且有一个有着深刻含义的大名——涂家平。"涂"是他的姓，"家"是他的辈，只有"平"这个字才真正属于他自己。家平，取《礼记·大学》中"修身、齐家、平天下"之意，一看就是有很深学问的名字，

界桩

一听就是有着远大志向与抱负的名字。窑狗子在哪儿读的书？他是怎么读的书？他的书究竟读到了什么程度？这已成为一个谜。我只知道窑狗子对"四书五经"烂熟于心，他时不时会引用几句文绉绉的经典语录，叫人不敢小看。有些是大家只知其然而不知其所以然的。什么"君子固穷，小人穷斯滥矣"，什么"知之为知之，不知为不知，是知也"，什么"富贵不能淫，贫贱不能移，威武不能屈，此之谓大丈夫"，诸如此类。在大家看来，他还是个有学问的人，但为什么落得到处流浪，为什么流浪到了杂姓湾这个村子，同样是个谜。人生就是由好多个这样的谜所组成的，根本不可能解开，我们能做的只是依据某些蛛丝马迹进行猜测，以满足可怜的窥视欲。有了大名，尤其是结婚之后，是非常忌讳别人叫自己的小名的。除了自己的长辈，别人叫了就带有了侮辱的意思。"窑狗子"是不是本来就是他的小名，是不是由父母所取，我并不知道，也不想去知道。我只知道在跟我取小名时，窑狗子还是花了一番心思的。他依稀跟我说起过，我的小名是周围这一带颇有名气的王瞎子取的。以至于好长一段时间，我见到王瞎子时，总是感到怪怪的。王瞎子是个算命先生，秃头，五大三粗，看起来属于孔武有力的那种，不知是生来就瞎了眼，还是后天发生了大的变故，一双眼睛深深陷在眼窝里，像躲在厚厚云层中的太阳，再也出不来了。好像瞎子生来就是算命的，王瞎子从小就开始替人算命，并以此为生。王瞎子肩上挂着个木匣子，里面装满了冰糖。他一手拄着根拐杖，一手拿着个小小的铜锣和锣槌，锣和锣槌系在一起，小铜锣挂在小拇指上，锣槌用大拇指和无名指捏着，走一步，敲两下：当——当——卖冰糖！当——当——卖冰糖！天气晴好的日子，王瞎子的锣声从村外很远的地方响起，冰糖的甜味由远而近，四下散开。王瞎子的冰糖是自家熬制的，小小的四边形，上面缠绕着一道道黄黄的、亮亮的花纹，放在嘴里，甜甜的，酥酥的，一抿嘴就化了，化得清清爽爽，干干净净，闭上眼睛，感觉周围的空气都是冰糖的甜味。我敢说，世上所有甜的东西都赶不上王瞎子的冰糖。王瞎子的冰糖具有无限的诱惑力，像一枚挂在树上的红柿子，又像是挂在天边的月亮，让人跃跃欲试，又让人浮想联翩。要想吃到王瞎子的冰糖，实属不易，一个鸡蛋只能换两颗糖，并且要大人带去换。王瞎子怕小孩子偷了自家的鸡蛋换冰糖坏了他的名声，才想出这么个附加条件。因此，我们即使能偷到鸡蛋，还是吃不到他木匣子里的糖，这就让我们有了捉弄王瞎子的充足理由。王瞎子那根拐杖出奇的厉害，像是长了眼睛，一不小心就会扫到人身上，所以我们只能远远地跟在他后面起哄，远远地用土块扔他。"瞎子瞎，骑瞎马！"这是我们挖空心思想出来的歌谣，就是要让他骑着瞎马到处乱撞，一旦撞翻了他的木匣子，那一块块方糖不就掉在地上了吗？王瞎子惯常用来骂人的话是："有人养，无人教的东西！"后来我才知道这话很恶毒，不但骂了孩子，也顺带骂了大人。哪家生了孩子，哪家要请喜酒，王瞎都算得出来，他总是在一个特定的时间就来到了主人家，算命排八字，掐时选日子，尽拣好话说。也不知是窑狗子请了他，还是他算出了我还没取名，就在一个正好的日子来到了我们家，我的跛子老娘客客气气地奉上茶水之后，报了我的生辰八字。王瞎子"甲子乙丑，丙寅丁卯"这么掐指一算，说我命中缺水，就取了个名字叫水生。水生，水生，有水就生。我根本不相信这些胡说八道的东西，照这么说，"窑狗子"这个小名缺的是什么呢？金木水火土，你说缺金吧，那烧出来的砖不就是金？你说缺木吧，烧窑不用柴能烧得成吗？缺水、缺火、缺土？照理说一样不缺，可又样样都缺。一个人的名字金木水火土都有，又全都缺了，那算命的瞎子还有活路可寻？

窑狗子怎么就取了这样一个名字呢？别人都这么叫他，我也曾这么叫过他。这个名字实在有些窝囊。窑狗子啊，窑狗子，

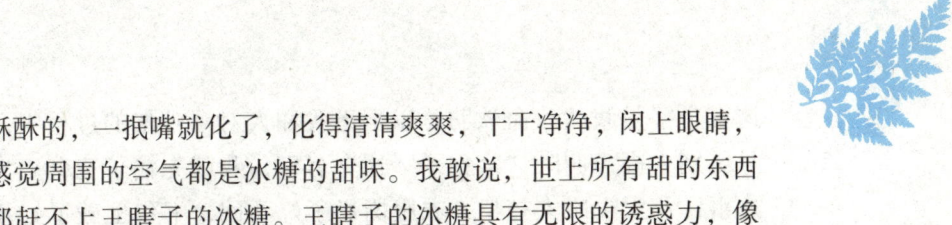

第三篇 一辈子做一个窑匠

界桩

这三个字是我的致命软肋，以至于我和人对骂吵架的过程中，只要别人高声叫喊"窑狗子"这个名字，我就先输了三分。为这事，我没少跟人打架，衣服撕烂了好几回，书包扯破了好几个。窑狗子肯定不是他的小名，窑狗子一准是他的绰号，唯一的原因就因为他是烧窑的，所以就叫他窑狗子，我只能这么认为。因为他除了与窑打交道，对于农活来说，什么都不会。窑狗子是个很烂的绰号，一听就叫人想起那条灰不溜秋的癞皮狗。就是现在说到这几个字，我也感到浑身不自在。那时候，我最忌讳别人叫窑狗子，哪怕是听到"狗"这个字，都会本能地生出恶意。杂姓湾村名的由来，就是因为这个湾子里十几户人家，一家一个姓。姓余的后来人丁兴旺，一下分成了三家。对于一户一姓的杂姓湾来说，"余"姓也算是大姓了。姓余的人多，更何况我还是个外来户，自然更低他们一等，其实也就是从篾席上到地下，仅隔一篾片的事，但人家要的就是这点儿高人一等的荣耀。因此，在村子里和我一般大小的余姓人，甚至比我小得多的我都得叫"叔"，年龄大点儿的叫"爹"，除了不当着我的面故意喊叫"窑狗子"以外，就是叫他们祖宗又怎么样呢？问题恰恰是他们总拿"窑狗子"这个名字说事，让我无处躲藏，让我苦恼万分。烧窑本身就是件很辛苦的事，以种田为本的人自信地以为，除了读书人，其次就是种田人了，其他行业都叫不务正业。烧窑的这个行当是被人瞧不起的，一年到头都在窑里面混，烟熏火燎的，浑身都是柴灰，看不清人形。一个窑烧下来，整天整夜地吃睡都在窑上，哪还谈得上体面呢？三教九流里面没有烧窑的位置，只有从九老十八匠里才能找到个窑匠的排行，这恐怕也是村里人习惯于叫他"窑狗子"的一个原因。叫我无地自容的是窑狗子本人还喜欢别人这么叫他，有时候人家叫他一声"涂家平"，他半天回不过神来，搞得人哭笑不得，让我为他拼命争得的那点儿尊严荡然无存。我改变不了窑狗子

烧窑的形象,也改变不了别人叫他"窑狗子"的习惯,更改变不了他对自己这一称呼的毫不在意,但这并不影响我为"窑狗子"这个名字进行不懈斗争的决心。

这天上学路上,我习惯性地走在大家后面,只是时不时以一种期期艾艾的眼神,瞧一眼前面的高兴。不是我不愿意和他们走在一起,而是只要我和他们在一块儿,我就成了他们取笑的料,成了他们的出气筒。那些烂事,不是你想躲避就躲避得开的,它总是自动找上门来。正走着,前面一拨人不知因为什么原因突然炸开了,他们总是一惊一乍的。"狗'连裆',狗'连裆'。快围住,别让它跑了。"一群人有的捡棍子,有的捡土块,一窝蜂地围了上去。当一只公狗和一只母狗忘情地纠缠在一起的时候,它们哪知道去选择隐蔽的地方呢?这种事并不新鲜,但也不常见。这就像一头公牛和一头母牛"爬背"一样,应该是见怪不怪的事。后来,我才深深地理解到,乡村这些稀奇古怪

第三篇 一辈子做一个窑匠

界桩

的事，正好是我们性启蒙的教材。有些事，只能做不能说，有些事只能说不能做。就说这事吧，狗不"连裆"不下儿，牛不"爬背"不生崽，鸡不"打水"，连蛋都孵不出小鸡。人呢？人做这事都闷闷地在黑夜里做，并且是不能明说的。你只有从那些隐晦的色情的笑话中悟出点门道来。因此碰上这样的事，我也顾不得许多，自然地凑上前去。本来大家为此而激动一番也就罢了，余怀德那小子，却回头看了我一眼，故意一脸坏笑地朝我喊："水生，水生，快来看狗'连裆'。"这时大伙齐刷刷地把目光投向了我，比看狗"连裆"还要有趣，并且一声比一声高地喊："狗子'连裆'了，狗子'连裆'了。"他们还故意在"狗子"两个字前面搞出一个含混不清的词，我一听就明白，这些该死的家伙就差没喊出"窑狗子""连裆"了。这种事让谁碰上都是一件血往上涌的事，我当时要他死的心都有。也活该余怀德倒霉，我顺手扯起路旁的一截篱笆桩，血红着眼朝余怀德冲了过去。余怀德虽然高我一个头，我一篱笆桩扔过去之后，他自然就"矮"了。这次流血事件，让窑狗子和我的跛子老娘只差给余怀德的家人作揖下跪了，真是好话说尽，小心赔尽，请出六指队长出面打圆场，赔了一笔数目可观的钱，对方才算罢休。窑狗子和我的跛子老娘把我关在家里三天三夜没给饭吃，逼着我向余怀德的父母去赔礼道歉，我已经是饿到前胸贴后背了，但就是不去赔礼道歉。事后，窑狗子只是反复问我，君子动口不到手嘛，你为什么下手这么重呢，为什么把人朝死里打呢？任凭他怎么问，我都是三缄其口。有些话说得清楚，还有些话说得清楚么？有些话可以跟他说，还有些话能跟他说么？问得急了，我就是一句话——这不是我的错。这不是我的错，是谁的错呢，谁教你叫了这么个名字，谁教他叫了不该叫的名字呢？窑狗子不打我，并不等于让我和窑狗子都十分惧怕的我的跛子老娘就会放过我。她一边和人赔不是，一边用藤条抽我，抽得我在地上来来回回地跳，抽得我皮开肉绽以证明她的诚意。她就是要抽得我亲口认错。但这是件很难的事，我宁愿饿死，宁愿皮肉吃苦，也不愿心灵受伤。我一口咬定，这不是我的错。

鼓 窑

　　许多说不清道不明的事情背后，总会敷衍出一些离奇的故事。村东头那棵老重阳树，谁也不知道它究竟长了多少年，盘根错节的根须凸起在地面上，粗的比一般的树还粗，细的也有碗口大小，弯弯曲曲，相互缠绕，漫延十几米远。树身历经风吹雨打，雷劈火烧，只要春天来临，依然青枝绿叶。这就让人不得不相信它上面就是神的栖居之地，偶尔有个大灾小难，到树下去许个愿，敬炷香，果真就能化解。村子西头那座已被废弃的大碾子，有人曾在蒙蒙月光的雨夜，看见有女鬼提着脑袋在梳头，连村里的鸡和狗都很少在那儿驻足，这就足以证明碾子所选的位置风水不妙。平地上鼓起一座窑，是在所有农活之外的事，也算是件奇特的事，它就肯定与某些非常人所能理解的东西有关。大家经过多方打听，反复求证，似乎发现了一些端倪——这烧窑的事与女娲娘娘有关。

　　窑狗子只对两件事上心，一是酒，二是窑。有了酒，他可以从早喝到晚，只要有人陪着喝；说到烧窑的事，他侃侃而谈，有说不完的话，有时还会冒出一两句"之乎者也"的东西："'君子务本，本立而道生'，本是什么？本是根嘛。庄稼人以农为本，我呢，我以烧窑为本。做农活不能务农时，还要精耕细作，烧

界桩

窑不能误火候，还要拿捏到位。"窑狗子烧窑的理论一套一套的。

为杂姓湾的这座窑，窑狗子的确费了不少心血。当窑狗子像雪片一样飘落在杂姓湾时，是杂姓湾的人收留了他，是六指队长极力撮合，他才能娶妻生子。这么多年了，在整个杂姓湾人的呵护下，在六指队长羽翼的庇护下，窑狗子才觉得日子有了奔头。他满怀感恩之心，立志要投之以桃、报之以李，滴水之恩，涌泉相报。窑狗子要施展出自己的十八般武艺，精心为杂姓湾鼓一座窑，只有这样，才能对得起人家六指队长，才能对得起杂姓湾的父老乡亲。

窑狗子是个有心之人，大家以为他在村子里闲逛，其实他是在勘察地形，选择窑址。既然是吃江湖饭的，就得有些江湖门道，否则难以让人信服。六指队长曾私下跟人说起，别看窑狗子人长得不起眼，他知晓阴阳五行，看风水、择吉日都很在行的，比只会掐时算命的王瞎子强得多。六指队长这样讲的时候，他自己自然也就显得学问高深了。

烧好一窑砖瓦的前提是有一座好窑，好窑的前提是选好窑址。在这方面窑狗子对有些东西虽然说不知其所以然，但他还是知其然的。"就高不就低，就东不就北。就后不就前，就湿不就干。"这个选择窑址的秘诀，是哪本烧窑秘籍上载着的，已无法考证，可凭着多年的经验，窑狗子摸索出来的这套方法就是适用。平原平原，首先是平，村庄所在地，也就是平原上高出的一片台子。窑址肯定得选在村子里最高的地方，只有这样，窑里烧出的黑的白的浓烟，才会高过村子，从一间间茅草屋的上方飘散。平原上刮东风的时候少，刮南北风的时候多，烧窑肯定会有浓烟，如果浓烟在低矮处盘旋，烟雾就往各家各户的大门里灌，不但人受不了，就连牲畜也不会兴旺。窑一般要建在村子后面，建在离村子远些的地方。烧窑本身也是件有风险的事，成天与火打交道，有时还要搞得水火相容，弄不好容易出毛病。百密一疏，后来，窑狗子终于在自己的窑上失了一次火，也就是这次失火把窑狗子烧成了一块毫无生气的冰冷的砖，他再也没回过神来。

水火平衡，才能出好砖瓦，烧窑离不开水，窑烧到一定火候之后，就得在窑顶上"整秧角"下水，使窑里的砖在冷却过程中变青。离水远了肯定不行。烧好一窑砖瓦讲究更多，什么时候烧"涨火"，什么时候"瞄青"，什么时候"整秧角"下水，都得拿捏到恰到好处。这些东西都需要靠个人慢慢领悟，跟着师傅学是学不来的。

正式鼓窑的日子是在十月的一个艳阳天。窑狗子腰间挂着"鳖壶"，手里拿了瓦刀，早早地来到了窑场。他沿着挖好的窑基正转三圈，又反转三圈，掩饰不住内心的激动。这门手艺虽然烂熟于心，也搁置了几年，终于有了一展才华的机会。对于种庄稼的人来说，一个不会种庄稼的人等于废人，对于窑狗子来说，一个烧窑的鼓不出一座好窑，烧不出一窑好砖，那就是个江湖骗子。他反复掂量着手里的瓦刀，似乎一座漂漂亮亮的窑已在他面前鼓起，一窑窑砖瓦已从窑里烧出，一排排砖瓦房代替了原来的茅草棚子，就连他自己也有了一座砖砌瓦盖的漂亮的屋。这时候，他心底处的那个想法也跟着冒了出来：再过几年，一定鼓一座属于自己的窑，那座窑并不一定是为了烧砖，而是为了好看，为了展示师傅的手艺。

全村的劳力都集中在了窑场上，连杨忠国老爹这样上了年纪的人都被安排来帮忙，平时只动口不动手的六指队长也加入了搬送砖坯的行列。一行人一字排开，两两相对站了，把早已干好的砖坯从堆上取下来，两块一摞交到下一人手里，下一人以左右最大的幅度再传送到另一人的手里，最后送到窑狗子手里。窑狗子这时更像是一位音乐指挥家，他喊一声"传"，大家就加快速度往窑基上送砖，他再喊声"停"，大家就得停下

第三篇 一辈子做一个窑匠

界桩

来休息一会儿。只见一片锃亮的瓦刀在他手中上下飞舞,一块块砖坯在他手下各执其事地找好了自己的位置。窑狗子一边砌着砖坯,一边把捶好的陶片往缝隙中塞,人们这才知道那些拼命捶出来的陶片的用途。

并不是窑狗子想把这事搞得神秘,而是大家觉得肯定有些神秘的东西在里面。空闲的间隙,大家就围在窑狗子身边,师傅长师傅短的说些好听的话,怂恿他讲些离奇的事,这正好应了窑狗子希望有人听他说事儿的欲望。

你绝对想不到鼓窑的事还会与女娲娘娘会扯上关系。也不知是不是窑狗子的胡编乱造,反正这事说得有鼻子有眼的。说,女娲娘娘补好了天,无事可干,顺势挖了一坨泥巴照着自己的样子捏泥人。女娲娘娘将捏出来的泥人摊在手掌中,吹口气儿,泥人就活了。是人就得要吃要穿要住,吃就吃野果子,穿就穿树皮,住就住山洞。又过了很长时间,山洞住不惯了,就想建房子。既然女娲娘娘可以把泥捏成人,人也能将泥捏出砖。问题是泥捏的土砖不牢实,经不起风吹雨打,于是有个领头的提议把捏好的土坯子放到火里去烧。怎么烧呢?大家想到鼓窑。窑哪是那么好鼓的呢?鼓着鼓着又塌了,鼓着鼓着又塌了。正当人们垂头丧气的时候,恰巧女娲娘娘路过,看到了这一切。人是自己造的,就再帮人一把吧。女娲娘娘这样想的时候,她自己也着急起来。女娲娘娘一急,也和我们凡人一样,要"解手",人一着急就屎尿多,是吧?你还别说,这"手"一"解",倒"解"出了个主意。女娲娘娘对那个领头的说:"来,我教你怎么鼓窑。"女娲娘娘解完"手"后,并没有把裤子提起来,而是蹲在那儿,叫那个领头的趴在地上教他怎么鼓窑——说到这紧要处,窑狗子不再往下讲,而是自顾自地笑了起来,把聚精会神听他瞎侃的人笑得莫名其妙。

"怎么鼓的呢?怎么鼓的呢?"大家情绪高涨。

"怎么鼓的嘛,你们去猜吧。"

"照女娲娘娘屁股的样子鼓？"

"照女娲娘娘肚子的样子鼓？"

"照女娲娘娘裤裆里的那个东西鼓？"

听到这儿，一些大姑娘、小媳妇面含羞色自觉地走开了，腾出一片空间让男人们去胡乱想象。

在方圆几十里内，杂姓湾率先鼓起了一座窑鼓，并且烧出了一窑青得让人啧啧称赞的砖瓦。这是一件可以载入杂姓湾史册的大事。用不着奔走相告，青砖青瓦的消息就不胫而走，人们纷纷来到窑场，拿起烧好的砖瓦轻轻地抚摸，轻轻地敲，清脆的声音引起无限遐想，唤醒了沉睡在人们内心深处起屋造房的夙愿。窑狗子一下子成了杂姓湾人心目中的能人，连他随身携带的"鳖壶"都装满了大家钦佩的目光。

秋末冬初，风吹在身上有了一丝寒意。田里的庄稼该割的割、该收的收，该上交的公粮也交完了，接下来便是上农田水利工程。当国家大事如阵风一样吹来又吹走之后，这个间隙中，人们不约而同地开始设计起屋造房的事。杂姓湾的人鼓起了窑并且烧出了砖，这让邻村的人羡慕不已——都是种田打土块的，别人能盖，我们也能盖。于是在江汉平原这个小角落里，在一个特定的年代，跟风似的流行起鼓窑、烧窑的事。

这一段时间，窑狗子就觉得自己真的成了一条狗，一条发情的狗，在方圆十多里地的圈子内神出鬼没地上蹿下跳，左奔右突。窑狗子身材矮小，一双小眼睛露着机警的光，在脚不粘地的奔跑过程中，他突然停下来，十分诡异地伸出手，在空气中抓一把什么，放在鼻子底下闻闻，然后再赶往另一处。他这么随手一抓一闻，心里便有了底，他抓住的是弥散在空中的从一个个窑里冒出的烟，通过窑烟的浓淡、窑烟的干湿、窑烟的味道，他能准确地估摸出这一窑砖瓦烧到了什么火候。

一时间，几乎每个村都有了一座窑，每个村庄的窑都开始

第三篇

一辈子做一个窑匠

界桩

冒烟。先是公家烧，慢慢地私人也偷偷地烧。窑狗子就是在这当口走红的。凡是与窑有关的事，窑狗子都可以说到了精通的地步。方圆几十里就他这么个窑师傅，他自然成了香饽饽，被人争抢着。人走运的时候就感觉日子过得飞快，一天一天，日子推着人向前跑，想慢也慢不下来。窑狗子闲着的时候，老觉得日子像头老水牛，慢腾腾的，拿鞭子抽着、打着，日影也难得赶过南墙。而现在他一个人同时照看着三座窑，这村的窑要"点火"，那村的窑要"瞄青"，另外一个村里还等着他去"装窑"。窑狗子就开始没日没夜地轮轴转，到这个窑上撒泡尿，再到另一个窑边拉摊屎，忙得不亦乐乎。

窑狗子急匆匆从一个窑场赶往下一个窑场时，他像一位指挥兵团作战的将军，马不停蹄地奔跑在窑与窑之间，每到一处就是一片欢呼之声。赵家湾的窑已烧得差不多了，李家湾的窑已定好了装窑的日子，陈家湾窑就等着点火了。窑狗子来到新窑前，窑门口叽叽喳喳的人群便朝他围过来。窑狗子扫视了一下人群，笑着打了招呼，立马严肃起来。他走近旁边的稻草堆，郑重其事从中抽出一把干稻草，缠成个草把子。又等了一袋烟的工夫，才用随身携带的洋火将草把子点燃，从窑门中塞了进去。"轰"的一声，窑内一片火光。

"点火啦，点火啦！"人们一边欢呼一边围在窑狗子旁边说些道谢的话。窑狗子只是点了点头，便默默地走向了窑的另一边，眼睛一刻也没离开窑顶上的烟囱。此时，在他眼里，烟囱里冒出的已不是烟雾，而是他飘忽不定又有些高高在上的形象。

鼓不起的窑

过了几年，又过了几年，在窑狗子还没有鼓成属于自己的窑的时候，村子里已不再鼓窑了。这让窑狗子非常失落。也正因如此，我才没有步窑狗子的后尘去扳砖烧窑。

窑狗子年纪大了，身子骨已不如以前硬朗了，我的跛子老娘和他吵架的次数在不知不觉中也减少了许多。窑狗子虽然每天还是挂着他的"鳖壶"在村子里招摇过市，我明显地感觉到他挂在脸上的笑似乎有了枯萎的迹象。

仿佛一夜间，村子里的茅草棚全都变成了砖瓦房，又仿佛一夜间村子里的砖瓦房几乎全部推倒，建起了一层或两层的钢筋水泥小洋楼。村里人不再以种几亩薄地为根本，而是以外出打工赚钱为时尚，青壮年劳力一拨一拨地涌向让他们渴望已久而又心醉神迷的城市。杂姓湾极像一只蚕茧，在飞蛾破壳而出后，仅留下残缺的空壳。那些曾一度红红火火、浓烟翻滚的窑，破鞋一样被遗弃在草丛中，纷乱的脚步再也无意去关注它们的存在。那些窑身已被拆得千疮百孔，像衣衫褴褛的老人，知趣地蹲在村子的一角，感叹着世间眼花缭乱的变化。窑狗子一向开朗的心情因此变得沉郁，因为周围的村子再也没有人请他去鼓窑、烧窑了，他再也用不着慌慌张张从一个窑窜到另一个窑。先前的无限风光，似乎发生在很久很久以前，又似乎是从没发生过。突然的冷落，让窑狗子又回到了从前落寞的状态，叫他"师傅"的人少了，叫他"窑狗子"的人又逐渐多了起来。

第三篇 一辈子做一个窑匠

界桩

　　自从去镇上看了现在用来烧窑的"轮窑",窑狗子就像变了个人似的,成天待在家里,闷闷不乐,烦躁不安,先前总是挂在脸上的红辣椒一样的笑,就像被人摘去之后替换成了蔫蔫的紫茄子,一脸暗色。

　　这天,我好说歹说劝他出去走走,到镇上去逛逛。尤其是对镇上那个原先的大众餐馆现在叫福来茶社的地方,着意描述了一番。福来茶社现在是镇上最热闹的酒楼,我想,对于酒的诱惑他应该是无法拒绝的。"喝顿酒回来,别喝多了就行。"我一边塞给他钱一边说。我永远记得窑狗子第一次领我上餐馆的那回事,我现在能做的,就是让他也去享受享受。

　　窑狗子第一次领我上餐馆,就是在这个当时叫作大众餐馆的地方。那碗"阳春面",让我大开眼界,想不到世上还有这么好吃的东西。大众餐馆没多少人,还没走进去,就闻到一阵特殊的香味,这是我在杂姓湾从来没闻到的一种香味。一位长得好看的女服务员,穿着干净的"的确良"衬衫,留着好看的刘海儿,坐在柜台前嗑瓜子,见我们进来,一副爱理不理的样子。柜台后面贴着的一张主席像,有一角已经耷拉下来,害羞似的捂住了半边脸,也没人去管。窑狗子用一毛八分钱就换回两碗热气腾腾的"阳春面",碗面上飘着一层细细的油花,一戳绿得好看的香葱撒在上面,一看就让人流口水。我像平常吃米饭一样,拿起筷子就往口里扒,面条不像饭粒,口里扒满了,面条还连在碗里,我把头尽量朝后仰,面条还是有一截留在碗里。窑狗子在一旁只是笑,不吱声。恨得我把扒进嘴的面条又吐到碗里重新来过。这下我并没着急,我看窑狗子是怎么吃的。他拿起"鳖壶",悠闲地喝了一口,然后把筷子在油腻腻的桌上掇两下,将筷子掇整齐了才下手,先是挑起碗里的几根面条,然后将挑起的面条在筷子上绕几圈,面条就全绕在筷子上了。他朝我怪笑了一下才将面条送进嘴里。我学着他的样子吃起来,吐进碗里的面条再吃进去还是一个劲地香。大众餐馆的"阳春面",一种扯不断的味道,至今还让我回味无穷。

哪知窑狗子并没去福来茶社,而是转到了镇上的"轮窑场"。"轮窑场"建在离镇上不远的一片平展的田野里,表面上一层黝黑的泥土翻开后,露出质地很好的黄泥土,窑狗子暗自佩服同行们的眼力——这种黄泥土是做砖的料子。这里原来是生长稻子的良田,现在挖成了大坑小坑,像被蚕食后的一片桑叶,早已千孔百疮,并且这种趋势还在迅速向周边蔓延。"轮窑"中间,一座高高的烟囱耸入云天,从烟囱里冒出的白烟高得快和云朵纠缠在一起了,经久不散,一股浓浓的烟煤与泥土混合的味道弥漫在空中,十里八里都能闻到。窑狗子听说过,现在的"轮窑"再不是用成堆成堆的稻草去烧了,用的全是从很远的地方运来的煤。稻草灰飘落在田里水里,很快就溶化了,还可以作为肥料用来改良土壤,使来年的庄稼长得更茂盛。这种烟煤灰,一粒一粒,石子一般硬,飘洒在哪里,就沉淀在哪里,别指望还能从它上面长出什么。窑场上压砖的机器震耳欲聋地轰鸣着,那头一堆泥土进去,这头便是一块块滑溜溜的砖坯出来了。长长的一溜架子车等在出砖口,把刚出来的砖坯拖到场地上码好,风干。一排排窑洞像整齐的鸽笼,好看地排列着,拖砖坯的架子车,进进出出的,这边送进去的是土坯,那边出来的已经是烧好了的砖。这让窑狗子又惊奇又愤怒,砖还可以这般做?窑还可以这般烧?这烧出的砖能结实吗?能用来盖房子吗?不管窑狗子相不相信,人们现在都在用这种砖做一切了。窑狗子有些自惭形秽,他甚至怀疑自己鼓窑、烧砖的那门手艺是不是真的已无用武之地了。但这就像窑狗子对酒的嗜好,不是说放弃就能放弃得了的。这次"轮窑场"之行,倒是更坚定了窑狗子早前就有的那个想法———定要鼓座窑,一座属于他自己的窑,他还要用这座窑烧出的砖和"轮窑场"的砖一比高下。

第三篇 一辈子做一个窑匠

界桩

　　过了几天,他郑重地跟我宣布,不能再等了,从现在开始,要在自家的屋后鼓一座窑。这时正值梅雨季节,隔三岔五的雨像布帘子一样把江汉平原遮盖得密不透风,屋里潮湿得长出了一层白色霉斑。我的跛子老娘成天在家里哼哼唧唧喊着关节疼,抱怨着见不到一丝阳光的天气。她恨不得在有个好太阳的日子把她发霉的心情也搬出去晾晒晾晒。这绝不是扳砖鼓窑的好时节,但我无法说服窑狗子,从他坚定的语气中,我知道他这不是酒话。

　　窑狗子一下子又年轻了许多。门前是一小块菜地,菜地周围是我的跛子老娘用棉梗精心扎成的篱笆。春天里,有许多好看的蜻蜓、蝴蝶在园子上空飞舞,夏秋时节,里面结满了瓜果、茄子、辣椒之类的时令蔬菜,小小的菜园子是我们一家餐桌上的笑意,窑狗子居然要把它铲了平为窑场,并且强硬到不容我和我的跛子老娘强烈反对。起初我并没太在意,以为这只是他闲得无聊了没事找事做,谁知他竟然当真了。这一次他好像不是在鼓窑,而是在做一件精美的艺术品。他佝偻着身子,从远处挑来一担担

126

　　黄泥，和好，扳成砖坯，然后细心地码好，在等砖坯风干的空隙，四处找来一些陶片，捶碎，整整齐齐地堆在一处，那神态，像存放他的钱币一样小心翼翼。

　　窑鼓好了，他整个人也瘦了一圈。那天，他在整理烧窑的工具时，翻出了他随身多年的宝贝——狗皮大衣和毛皮靴子，狗皮大衣里面的毛已脱得差不多了，毛皮靴子也裂开了口子。他爱不释手地反复抚摸着，像在抚摸过往的时光。他似乎是忘了季节，得意地把这套行装穿了起来，在家里来回走动，一脸怪怪的笑。这时我发现，他真的老了。他的头上满是灰白的窑灰，再怎么洗也不干净，整个人像一小堆即将熄灭的灰烬，没有了往日的旺盛。常挂在脸上的那种职业的笑，似乎已被岁月风干，仅剩下勾勒出的轮廓。那一刻我忽然感到一阵悲伤，这个我好多年没去关注的男人老了，不知不觉中就老得白了头发，老得有些莫名其妙的举动了。在他鼓自己的窑的过程中，我并不是没想到应该为他做点儿什么，但他无论大小事都不让我插手，好像别人插手后，他的这件作品就有了瑕疵，就不成其为一件完整的作品了。我唯一能做的是到镇上给他打回满满一坛酒，好让他专心致志地鼓他的窑。

　　窑点火的那天，按照窑狗子的意思，我好说歹说，劝我的跛子老娘做了几个菜，把老得走路都有些艰难的六指队长请了来，共同见证这一重要时刻。这桌菜自然比以前丰盛许多，但窑狗子执意要我的跛子老娘端出了一碗红红的辣椒酱，每喝一口酒，他都要撮一点儿辣椒酱，放在嘴里细细品味，似乎在回味那些曾经辉煌的日子，咀嚼着已过时的幸福。六指队长更老了，老得那第六根指头也缩了回去，像是从大拇指旁长出的一节指甲。"老了，老了啊。"六指队长口齿不清地说。窑狗子随声和着："是啊。老吾老以及人老，幼吾幼以及人之幼啊。"六指队长说："还要烧一窑吗？"窑狗子答："烧啊，烧啊。人心不古，不复周礼，如之奈何？"窑狗子说着，把那个已经磨得白亮白亮的"鳖壶"

第三篇　一辈子做一个窑匠

界桩

拿起来往嘴里倒。我在一旁也没听出个完整的意思，他们好像在说着只有他们俩人才懂的暗语。

这件事还是惹出了一些麻烦。只要是窑，只要烧窑，就得冒烟，这回窑狗子把窑鼓在了自家的屋后，这在选址上就犯了大忌，窑狗子并不是不知道这个理，但这也是不得已而为之的下策。时下的田地、荒坡，都一分不留地分给了各家各户，整个村子根本就没有空地让他鼓窑。既然是鼓自己的窑，也只有在自家后院鼓了。再说离家远了，他也没有了裹着狗皮大衣就走的那份豪情。窑一点火，烟灰乱窜，我的跛子老娘就在屋内团团转转："老不死的啊，你不把我们熏死你是不放过手的。"骂归骂，你总不能去灭了他窑里的火吧，看窑狗子那架势，谁要是灭他的火，他就要灭你的命。我的跛子老娘深知这一点，她也只是在屋里咳嗽几声，骂骂而已。邻居家可不管这些，这一点火，烧得别人家满屋是烟，呛得大人小孩鼻涕眼泪流，谁能受得了啊。

这天夜里，隔壁三家的人齐齐聚在了我们家，一个个义愤填膺，恨不得把窑狗子拉去塞进窑里算了。我一个个赔小心，一个个装烟点火，还是不解众人之气。我急中生智，想出了个办法，仿照煤油灯罩的做法，将我们家的晒垫卷成筒，淋湿水，像灯罩一般罩在了窑的烟囱上，说来也怪，晒垫照上去之后，烟囱里的烟就不再四处飘散了，而是听话地直直向上冒。其实晒垫的那点儿高度是无论如何也改变不了窑烟的方向的，好在当时东西南北风都停了，烟也就没四处散开。恐怕也是因为窑狗子平时口碑还好，邻居们就在心里原谅了他。

窑狗子又一次感受到了"瞄青"的乐趣。正是因为现在"轮窑"上做出的砖都是红砖，窑狗子憋足了气，必须要烧出一窑青砖，至于青砖做什么用却不重要了。"瞄青"就成了整个烧窑过程中最关键环节。窑狗子把一捆硬柴塞进窑后，就静静地站在窑门口，死死盯着窑里的动静，以至于从窑门中冒出的火星几次将

他的头发胡子都烫卷了。窑烧到一定程度后,从窑门的"瞄青"眼看去,窑内的火会是一条线地从上向下流,流出艳艳的颜色,像是雪天里的一口温酒,顺着喉咙流下去,立刻有一股暖意从心底升起,顷刻暖遍全身,整个人也因此而暖洋洋的。窑狗子看着好看的线条一下下地流,就习惯地摸到了他的"鳖壶",将壶里的酒一口一口地往嘴里倒,那种惬意,那种满足,那种快慰,是旁人难以领会的。

乐极生悲的意思,就是在人们快乐之时,忽略了灾难的窥视。事后,窑狗子沮丧地说,我怎么就忘了"福兮祸倚"这句古训啊。窑狗子这座属于自己的窑,本来在选址时就有些先天不足,从风水的角度来看,相生相克未能做到共生,好在离水近,窑狗子抱着一丝侥幸心理,认为这只是座小窑就没有太理会。当时的环境没有也更不可能给他太多的选择,他这叫不可为而为之。正要封窑门的当口,一团飞来的天火点燃了旁边的稻草,窑里窑外莫名

第三篇 一辈子做一个窑匠

界桩

其妙地燃烧起来。来救火的人把小河里的水劈头盖脸地朝草堆上、窑上一阵乱泼，根本不管是不是泼到了该泼的地方。此时的窑狗子更像一条疯狗，他嘶声竭力叫喊着："泼不得呀，泼不得呀！"死命地抢夺别人手中救火的工具。大家都不理会他，只管泼水，一瓢一瓢地泼，一桶一桶地泼。在火快要熄灭之时，"轰"的一声，窑就塌了，溅起的火星照亮了整个村子。

窑狗子就此病了。窑里好端端的一窑青砖相互扭在一起，你中有我，我中有你，怎么也无法一块块地分开，像是一团泥土，在经历了分崩离析的苦难之后，回到了一起，紧紧地搂抱着，一副到死也不分开的样子。窑狗子围着已塌陷的窑，围着一团团镏在一起的青砖，一边走，一边苦苦地笑，笑着笑着就摔了一跤，被人扶回家后就躺在了床上，不知他真的是摔伤了还是不愿再起床，他就此而懒在床上了。

多年以后，我回到杂姓湾，专门去看了看老屋后面的那座塌陷的窑，窑基还在，乱七八糟的砖散乱在那里，已没有人去观顾。我越来越觉得这座破窑就像是一块残存的碑，碑上明明写清楚了窑狗子的身前身后事。

在他弥留之际，我守在床边。他的手臂像被剥去了皮的麻秆，细得让人伤心，他连睁一下眼的力气都没有了，但就是久久不肯咽气。我从他床底下拿出那个伴随了他一生的"鳖壶"，送到他嘴边，他居然一下子坐了起来，对着"鳖壶"做了个吞咽的动作，安然躺下，再没有动静了。我知道，这下他应该是把"鳖壶"里的酒全喝光了。